集英社オレンジ文庫

すばらしき新式食

SFごはんアンソロジー

新井素子
須賀しのぶ
椹野道流
竹岡葉月
青木祐子
深緑野分
辻村七子
人間六度

CONTENTS

すばらしき新式食

石のスープ

深緑野分

Fukamidori Nowaki

「何食べてるんですか、博士」と助手は言った。

「うん？　いいものだよ。実験が成功したお祝いだ！」

博士の手元には、パック入りの肉片がある。それは数がかなり減少して、希少生物となった牛という生物の肉のサンプルである。

「ずるいですよ！　こんな贅沢品《ぜいたくひん》を食べるなんて！」

　抗議する助手に、博士は自分の食べていた肉片を少し齧《かじ》らせてやる。たちまち肉汁が口いっぱいに広がって、助手は満面の笑みを浮かべた。

「しかし私が若い頃はまだ、天然の肉牛や鶏《とり》や豚がそこらじゅうにいて、好きな時に好きなものを食べられたのだが」

「はあ。上の世代の話を聞かされましても、今は違いますからね。もう外の世界で生きるのは難しいですよ。棟で暮らしていれば食事には困りません」

「まあ、時代だろうな。そこでだ、素晴らしい発明を完成させたぞ。さて、どこから話をはじめようか」と博士は言った。

博士の後ろには彼の背丈を遥《はる》かに超す巨大なカプセルがあり、緑色と灰色と朱色を混ぜたような奇妙な色の蒸気が立ち上っていた。

若い助手は、「どこからでもどうぞ、ご随意《ずいい》に」と答えるしかなかった。何しろ博士の黄ばんだ歯と色の悪い舌が、話したくて仕方がない様子で、唇の隙間《すきま》からもぞもぞちらちらと覗《のぞ》いているのだ。

　博士は天才だと誰もが知っている。少なくとも国内に住んでいる人間ならば。けれどもこの若い助手は、博士を「ただの珍妙な人」だと思っていた。薄汚れた白衣の下に着ているのは、虫食いで穴だらけのセーターと、つぎはぎだらけのズボンだ。しかも今は両手に大きな青色のオーブンミトンを嵌《は》めていて、なんとも言えず滑稽《こっけい》に見える。それにろくな発明をしない。博士を天才と見込んで研究所に入ったのが、運の尽きだった──助手はそう思っていた。

　博士は助手が話を聞いてくれるというので、喜んでオーブンミトンを嵌めた手を叩いた。

「それじゃあ、まずはだ」と博士は言った。「君は、とある国の民話〝石のスープ〟を知っているかね」

「生憎《あいにく》ですが存じ上げないです」

　助手は窓際にある貴重な生存体である水槽の金魚に餌《えさ》をやりながら、適当に首を振った。民話なんか科学的研究と何の関係があるのだ。しかし博士は少し嬉《うれ》しそうだ。「そうか、そうか。では話して進ぜよう」えへん、と咳《せき》払いをして博士は話しはじめた。まずは昔話から。

「昔々あるところに、貧しい旅人がいた。お腹《なか》を空かせて民家を訪ね、どうか食事を恵んでくれないかと頼んだのだが、断られてしまう。そこで旅人は道ばたに転がっていた石を拾い上げると、再び民家を訪ね、こう言った。『ここに美味《おい》しい出汁《だし》の出る石があります。これを使って自分で料理するので、鍋と水を貸してくれませんか』と。民家の主《あるじ》は『石の出汁だって?』と少し興味を持ったので、鍋と水を貸してやることにした。旅人は更に、『塩を少々頂けますか。もっといい出汁が出そうなので』と言い、民家の主が塩を入れてやると、今度は『野菜屑《くず》を持ってきてくれ』、『肉片を持ってきてくれ』、と頼む。主がすべて用意してやると、見事な石のスープが出来上がり、みんなで舌鼓《したつづみ》を打った——という話だ」

「へえ」

「へえとはなんだ、気が利いた話だと思わんか」

「気が利いていますか」

「当然だ。つまりだな、石から出汁が出るというのは大嘘《うそ》で、あらゆる具材を持ってこさせることによって美味《うま》い料理をまんまと食わせてもらう、という話なのだよ。野菜も肉も入っていれば栄養たっぷり、腹もいっぱいのスープになるさ」

なるほど、と若い助手はようやく合点がいく。しかしなぜこんな話を自分に言って聞かせたのだろうか？　どこからでも話していいとは言ったものの。すると、助手の胡乱《うろん》なものでも見るかのような目つきに、博士は更に嬉しそうになる。

「わかっている、わかっている。そう疑り深い顔をするでない」

そう言うと博士は、背後にあった巨大なカプセルの扉を開けた。一気に蒸気が溢《あふ》れ出て、助手は思わず咳《せ》き込む。ひどい臭《にお》いだ。何かの化学物質を焦《こ》がしたような臭い。刺激に涙ぐむ目をしばしばさせながら、若い助手が博士に向き直ると、博士はちょうどオーブンミトンでカプセルから何かを取り出したところだった——丸まったウサギほどの大きさの、何やら黒いものである。

近寄ってよく見てみれば、この黒いものは、石以外の何ものにも見えない。こんなものを入れておいて何をするつもりだったのだ？　助手はいますぐにでも研究所を辞めてもっと無難な職業に就こうと思った。

「ちゃんと見たか？　石だよ」

「当たり前でしょう、わかりますよ。こんなものの何が珍しいんです？」

すると博士は胸を張った。あまりに威勢よく胸を張ったので、鼻の穴が丸見えになった。

「私は、本物の〝石のスープ〟を完成させたぞ。野菜屑も肉片も塩もいらない、本当にこれだけでスープが作れる石をな！」

助手はぽかんと口を開けた。いったいこの人は何を言っているんだ？　得意満面の博士の手の中にある石を、あらためてじっくり観察する。全体的に流線型をしているが、完全に滑らかではない。二カ所に丸い穴が空いていて、火山岩に少し似ていた。そして、じっと見つめていると、なにやら液体がじわじわとしみ出してくるようだ。

「何だか妙に濡れていますね、これはどういう仕掛けなんです？」

「まあいいから来たまえ」博士はそう言うと、疑り深い助手の袖口《そで》を引いて研究室を出た。向かった先は、研究所がある建物の二階、第三棟食堂室だった。

この研究所がある建物は、第三棟という。他に第一棟から第五棟まであり、すべて、〝上層部〟によって管理され、人々は安全に暮らしていた。学校があり、会社があり、工場があり、農場や畑があり、食料貯蔵庫があり、また、胃袋を満たし栄養管理もしてくれる食堂がある。棟の外の世界は危険で、食料の確保もろくにできなくなっていた。

第三棟食堂室は、白い壁と白い床に、オレンジ色のテーブルと椅子《いす》がずらりと並び、清潔で、なかなか美味と評判の料理を出す場所であった。供される定食は二種類しかなく、肉か魚のどちらかを選ぶのだが、一番人気の第一定食――すなわち屑肉と大豆を混ぜた代用肉定食――は、少々量が控えめとはいえ、とりあえずは肉らしいものを食べることができた。

今の時間はちょうど昼食の後片付けが終わって間もなく、客はひとりもおらずがらんとしている。博士と助手が厨房《ちゅうぼう》に入っていくと、厨房長は嫌な顔をした。

「もう飯は終わっちまったんですがねえ。鍋もすっからかんですわ」

「その鍋と水とコンロだけ貸してくれないか。ちょっとした実験をしたくてな」

「実験ですと?」厨房長は真っ黒く太い眉をぎゅっと上げた。「そういうことは研究室で行ってください。ここで危ないことはなさらないで頂きたいですな」

「危ないことなどありゃせんよ、ただ湯を沸かして、この石を茹《ゆ》でてみたいだけなのだ」

博士は厨房長のむっつりした顔を無視して、棚に並んでいた鍋をひとつ、強引に取り出した。そして蛇口から鍋いっぱいの水を注ぎ、コンロの火に掛ける。厨房長は呆《あき》れた様子で両手を広げて肩をすくめ、「わかりましたよ、お好きにすればいい」と言った。

水を張った鍋に、博士はそうっと、まるで卵を扱うように優しく、石を入れる。厨房長と助手は互いに顔を見合わせ、小さくため息をついた。石を入れた鍋はやがてぐらぐらと煮立ち、底から泡が湧きはじめた。

「石がエキスを排出しているのだ」と博士は言う。「嗅《か》ぐがいい、この香りを。なんとも不思議だろう」

「不思議というか、どちらかというと嫌な臭いですよ。何だってこんな石ころを茹でるんです」

鼻をつまんで顔を背ける厨房長に、助手が石のスープの説明をしてやると、大声で笑い出した。

「いくらなんでもそんなことは不可能だ！　学者先生は料理のなんたるかをまったくわかっていない！」

しかし博士はどこ吹く風、「スープが煮えたぞ」と手を擦り合わせると、お玉で湯をすくい、ずずっと音を立てて啜《すす》った。そして頰《ほお》を紅潮させ、にんまりとした笑顔でふたりにお玉の湯を勧める。博士がスープだと言い張るものは、うっすらと茶色っぽい色が付いていて、コンソメスープに見えなくもなかった。

助手と厨房長は無言で互いに譲り合い、結局は厨房長が先に飲むことになった。眉根を寄せ、髭《ひげ》をゆがめて口をすぼめ、そうっと啜る——「なんだこれは」

「どういうことですかな、博士。ここには何の変哲もない石と水しかない。だのに、にんじんの味がする。タマネギの味がする。肉の味がする」

慌《あわ》てて助手も、厨房長からお玉を引ったくって湯をすくい、飲んでみた。

「……本当だ。これはスープだ！」

お玉が手から滑り、床に転がり落ちる。わなわなと手が震える。まさか手品だろうか？

しかしお玉を拾い上げた助手が、何度水を替え鍋を替え試してみても、石は同じように、ただの水をスープに変身させるのだった。

「だから言ったろう」と博士は言った。

「私は〝石のスープ〟を完成させたと。栄養素を計測したが、ビタミン、ミネラル、タンパク質、脂質《ししつ》、炭水化物、その他人間に必要な栄養素すべてがこの中にぎゅっと凝縮されているのだ。これで我が国の民は、どのような食糧難に陥《おちい》ろうとも、生き延びることができる。いや、それ以前に、まず食料を無駄にしないはずだ。この石のスープさえあれば、生き物を殺して食べる必要もなくなり、みんなが平和に暮らせる」

　助手は博士の演説に魅入られ、先ほどまで「いますぐにでも研究所を辞めてもっと無難な職業に就こう」と思っていた自分を恥じた。

　管理された棟の中だから飢《う》えることはない、と人々は安心している。けれどもこの石と水さえあれば、食料貯蔵庫に頼らずとも、人間が生きていくのに必要な栄養素を摂取できるのだという。本当に天才だ。この博士は、天才なのだ。

　三人は誰からともなく手を取り、手を繋《つな》いで輪になった。幸せな発明の完成を目撃した瞬間だった。しかし厨房長だけは微妙な顔をしている。

「けれどもですね、博士」そう厨房長が言った。「これじゃあ皆は満足しないでしょう」

「何だって？」

聞き返すふたりの前で厨房長はお玉からもう一度スープを啜り、渋い顔をする。

「味がですね……素材そのままますぎるんです。野菜の青臭さと肉の生臭さが主張しあって、しかもなんとも化学的な焦《こ》げ臭さと砂利《じゃり》っぽい臭いが気になって、ええ、率直に申し上げると美味しくないいんです」

厨房長は自分のコック帽を直しながら言った。長年厨房に立ち、客からわがままや不平を被《こうむ》りながらも、第三棟食堂室で料理をふるまい続けてきた者の自負である。料理というものは食材だけで成り立っているものではない。調味料や火加減、あらゆる料理法のハーモニーなのだ。そして人間の味覚への執着たるや……そう厨房長は主張したが、博士は聞き入れなかった。

「君の主張はよくわかった。確かにこのスープは美味くない。が、味付けを変えることは許さんぞ」

「なぜです？」

「塩を入れたら塩が無駄になるからだ。肉も野菜も然《しか》り。この石だけで作ったスープそのままでなければ、発明の結実である〝節制〟の意味がない」

確かに博士の言うとおり、スープを美味にするために調理食材を入れてしまえば、この発明の意味は薄らいでしまうだろう。助手はそう考え、博士に賛同した。納得していないのは厨房長だ。

「味は、まあわかりましたが、量はどうします。いくらスープを飲んだって腹いっぱいにはなりゃしませんよ。固形物を摂取しないと満足に働くこともできないでしょう。せめてパンを付けなければ……」

「ならばスープに食べ応《ごた》えを付けてやればいいわけだな？　なるほど、よし。それは厨房長、君にやってもらおうじゃないか」

それで、厨房長がこの石のスープの加工を担《にな》うこととなった。

余分なものはなるべく——できれば一切何も——入れてくれるなという話だったので、ひとまず厨房長は、固形にするためにスープを凍らせてみた。しかしそれではシャーベットになるばかりで、真夏ならまだしも、真冬に食べたら栄養価どころの騒ぎではなく、みんな凍《こご》えてしまうだろう。

次に試してみたのは煮こごりだった。スープを少し冷やしてみると、これがうまくいった。もともと石からエキスとして排出されていたらしいゼラチン質が固まって、ぷるぷるとしたゼリー状のものになる。これならばある程度の加工ができる。厨房長は喜んで、石のスープの煮こごりの型抜きをはじめた。

にんじんの型を作って煮こごりを抜き、白い皿に盛ってみると、なんとも可愛《かわい》らしい前菜になった。次のスープはそのままあつあつで提供する。その次は、ビーフステーキを象《かたど》った型を作って煮こごりを固めてみた。見た目は薄茶色だし、ビーフステーキに見えなくもない。ナイフはかろうじて通ったがフォークで刺すとばらばらに崩れてしまう。スプーンで食べるビーフステーキというのも一興だろうと考えた。最後はデザートである。大小の違う円形の型で抜いて、三段に重ねたケーキもどきを作った。

試行錯誤を経《へ》た料理の数々を喜んだのは、もちろん、博士である。

「素晴らしい！　厨房長、君は創意工夫の天才だな！」

一方、食堂のオレンジ色のテーブルの向かいに座った助手は、形が違うだけで、何を食べても同じ味がする薄茶色のフルコースにうんざりし、口の端についた煮こごりの欠片《かけら》をナプキンで拭《ぬぐ》い取った。

博士の喜びようたるやすさまじいもので、まず国家の上層部に知らせるべしと大急ぎで研究所へ戻っていった。

上層部の答えはなかなか返ってこなかったが、十と七日が過ぎようという日、ようやく連絡があった。時代遅れのファクシミリが唸《うな》りながら吐き出したその答えには、こうあった。〝実験の結果を祝福す。ついては、実験の第二段階に移ること。本日より第三棟住民の食事をすべて、石のスープにすべし〟と。

急遽《きゅうきょ》、第三棟厨房の食材は第一、二、四、五棟に配送され、厨房長の手の中に残ったのはあのウサギくらいの大きさの黒い石ひとつだけとなった。調理部員たちはみな、出来上がった石のスープを順番に煮こごりにし、型抜きに励んだ。

博士はその他の研究をやめ、毎日厨房に通って、厨房長や調理部員の誰かがうっかり石を壊してしまったりしないように監視した。それはもう、睡眠不足で目が血走るほどの時間を監視に費やした——なにしろ第三棟にいる住民たちは一千人を超える人数で、彼らの分のスープを作る間ずっと起きていなければならなかったのだから。

かくして実験台となった第三棟の食堂室には、第一定食〝肉の煮こごり〟と第二定食〝魚の煮こごり〟の二種が供されることになったが、どちらも結局は同じ味で、ステーキ型で抜いているか魚の切り身型で抜いているかの違いしかなかった。

反響は博士の期待するものとは大きく異なった。

「何を食べても同じ味がする。こんなものは肉じゃない。不当だ」

「こんなに悪臭のする煮こごりなんてはじめてです。味付けをもっと考えては」

「まったく腹に溜まらない。せめて大豆があればいいのに、それもないだなんて」

第三棟の人間たちは、石のスープの料理に一週間も耐えられなかった。非難囂々《ごうごう》、大勢の人々が食堂室に詰め寄り、元のメニューに戻すよう訴えた。その抗議の列は食堂室から廊下をはみ出し階段へ続き棟を出て中庭を過ぎ、大通りにまで飛び出していた。

しかしこの反対意見の多さにも、国の上層部は実験の第二段階継続を引っ込めなかった。第三棟を使っての実験は継続、食堂室は相変わらず、同じ味の煮こごり、それも微妙に化学臭と砂利の臭いが混じったような風味の代物《しろもの》を出し続ける羽目になった。なぜなら、〝節制〟の文字は上層部にとって何よりも価値あるものだからだ。

石のスープは量産体制に入り、やがて第三棟には〝石のスープ工場〟が出来、住民たちはここで働くことになった。これで食料貯蔵庫の節制ができると踏んだ上層部は、石のスープは第三棟だけでなく、第一から第五棟まですべての食堂室で供すように、と命じた。そして再び、住民たちの反対運動が起きる。まったく、こんなにまずいものは食べられない。いつもの定食を食べさせろ、自由に味を選べる権利をと、人々はプラカードを掲げて列を作った。

さすがの博士もがっかりした。これほど熱心に研究を重ね、大量生産をしても、自分の発明は認められないのだと、大いにがっかりした。がっかりしすぎて、研究所の荷物をまとめ、工場の運営も止めて、郷里に帰ってしまったくらいだった。ほとんどの実験道具は若い助手のために残された――ただあの黒い石だけは、小さな密閉容器の中に入れられ、博士と共に故郷に帰ることとなった。

仕方なく、上層部は再び食堂室のメニューを元に戻した。人々は喜び、抱き合った。そしてしばらくの間、石のスープの存在は忘れ去られていた。若い助手自身も、自分の研究で手一杯で、いなくなった博士のことに思いを馳《は》せるような暇はなかった。ところがしばらく経《た》ってみると、嫌な噂《うわさ》が聞こえはじめてきた。

食料貯蔵庫の中にある食料がどんどん目減りしている。第一棟から第五棟までをまかなえる量の食物が危機に瀕《ひん》しているというのだ。

もう助手ではなくなった若い博士も、その窮状《きゅうじょう》を確認した。確かに食料貯蔵庫からはものがなくなっていた。それも、いくら穀物《こくもつ》や肉類、野菜類を棟農場から補充しても、どこかへ消えてしまうのだ。

第三棟の食堂室のメニューも、もはや二種類ではなくなり、一種類、それも野菜と屑肉を合わせた薄いスープとパンだけになっていた。薄い茶だけは豊富にあるので、棟で暮らす住民たちは茶を飲んで腹をいっぱいにした。ある時、子どもが「このお茶を固めたらあの煮こごりのようになる?」と訊《たず》ねた。両親ははっとして子どもに「しいっ」と言って大人しくさせたが、まわりにいた住民たちは、あの何を食べても同じ味がする煮こごりを食べた後、不思議と体に力が漲《みなぎ》ってきたのを思い出した。あれはとても栄養価の高いものだったのかもしれない。そうに違いない。

もう助手ではなくなった若い博士は、今度こそあの石のスープの出番であると理解し、博士の郷里を訪ねることにした。

棟しか存在しない世界を出たことはこれまで一度もない。もう助手ではなくなった若い博士は、緊張と興奮で心臓をばくばくと脈打たせながら、装備を万全に調《ととの》え、博士の郷里であるところの西の土地へと向かった。

ひたすら西へ歩いて、三日と半日、保存用に確保しておいた石のスープの乾燥粉末を溶いて飲みながら、どうにか前に進んだ。いつだったか研究室で、若い頃はそこらじゅうに牛や鶏や豚がいて美味い肉が食べられたと言っていた博士のことを思い出したが、獣《けもの》一匹たりとて見かけない。山を越え、谷を越え、棟での暮らしを拒んだ〝自然派〟と呼ばれる人々の民家がぽつぽつと増えはじめた頃、耳が痛くなるような冷たい空風が吹き、くしゃくしゃの新聞紙が飛んでいった。

博士の郷里には、棟のような背の高い建物はなく、赤茶けた荒野に数軒の民家が立っているだけだった。万が一のためにと研究室に残された博士の住所が書かれたメモを頼りに、もう助手ではなくなった若い博士は歩き出した。

乾いた土地に、井戸がひとつ、他にはごくごく小さな畑を見つけた。村の人は警戒心が強く、道を尋《たず》ねてもなかなか教えてくれなかったが、三軒目の家では、「あの白衣を着ている変わった人でしょう？　次の井戸のそばの家に住んでいるよ」と教えてくれた。

そのとおり、次の井戸の向かいに家があった。しかし様子が妙だった。若い博士は帽子を脱ぎ、胸にあてがいながら恐る恐るその家に向かう。

その家からはあの異臭がしていた。緑色と灰色と朱色の入り混じったおかしな色合いの蒸気が、窓や家壁の隙間から溢れ出ていた。何よりその家は、村の他の家々よりも何倍も大きく、まるで集会所といった風情だった。そして中からはこんな声が聞こえてきた。

「ありがたや、石のスープ」「これで今日の糧《かて》を得られます。気分上々、体力もりもり」「博士の恩恵です」「ありがたや、石のスープ」

もう助手ではなくなった若い博士は、帽子をぎゅっと握りしめながらえへんと咳払いし、家の玄関のドアをノックした。すると念仏のように唱えられていた声がすっと消え、ややあって、閂《かんぬき》を外す音がし、ドアが開いた。

「やあ！　君か！」と博士は言った。

もう助手ではなくなった若い博士は、ひとまずほっと安堵《あんど》した――博士は相変わらずだった。白衣姿に、穴の空いたぼろぼろのセーター、そして青色のオープンミトン。ミトンを嵌めた右手にはお玉を持っている。

「お食事の最中でしたか、失礼しました」

「いやいや、遠慮することはない。どうぞ入りたまえ」

いざなわれるまま、若い博士は博士の後に続いて家の中へ入った。室内は、あの石のスープの刺激的な臭いが充満している。部屋の中央には五十人ほどは腰掛けられそうな巨大なテーブルとベンチがあり、そこに人々がいて、スープ皿を前に、若い博士のことを穴が空くほどじいっと見つめた。

「どうぞ召し上がってください」と若い博士は言った。「僕のことはお気になさらず」

博士は若い博士を奥のベンチ――すなわち自分の隣の席に案内し、座らせると、若い博士の分のスープをよそった。若い博士は以前と違い、スープの香りを芳《かぐわ》しいと思った。実際、スープは何も変わっていなかったのだが、それほどまで腹を空かせていたのだ。

若い博士はスープを一気に飲み干すと、体中がぽかぽか温まり、力が漲ってくるのを感じた。やはりこの石のスープはすごい。これがあれば、きっと棟の人間たちも救われるに違いない。

「博士。第一棟から第五棟までの人々は飢えています。食糧難が訪れました。今こそあなたの助力が――この石のスープが必要です」

しかし博士はきらりと油断なく光る目で若い博士を見た。

「私はな、同じ轍《てつ》は踏みたくないのだよ、君。またどうせまずいだの同じ味がするだの言われるんだ。追い出されるんだ」そう言って、食卓に着いている他の村人たちを見た。

「彼らは違う。もともとこのあたりは上層部に管理されていないから、食料がろくにないのだ。だからこそ彼らは、滋養があると理解して、私のスープを味わい、飲み干してくれる。そういう人たちに飲ませられればそれでいいのだ。この村の人たちだけじゃない。腹を空かせた、よその村からも人はやってくる。私はたくさんの人にスープをふるまった。もう今の生活だけで充分だ」

「そんな……お願いです。食料貯蔵庫にどんなに足しても、なぜかどこかへ消えてしまうのです。今、この石のスープがあれば、博士はきっとぴかぴかの勲章《くんしょう》を与えられるでしょう。どうしても博士が嫌なら、せめて石をひとつ貸してくれませんか。僕が持ち帰って、スープを作りますので」

　若い博士は、これだけすごい研究ならば、当然石をいくつか作っているものと思っていた。しかし博士はきょとんとした顔をしている。

「私の石はひとつしかない。最初から今まで、ずうっとこれひとつだけだ」

　そう言って博士は立ち上がると、コンロの上の大きな鍋の蓋《ふた》を開けた。若い博士が覗き込むと、そこには、例のウサギくらいの大きさの黒い石が、相変わらず底に沈み、薄茶色の液体を吐き出していた。二カ所に穴が空いてはいるが、その穴の大きさも場所も、ひとつも変わっていない。

「最初から今までずっとこれひとつだけ、ですか」若い博士は何か引っかかるものを感じながら言った。「まったく大きさも形も変わっていない」

「それがどうした」

「おかしいですよ、博士……石は栄養素を吐き出します。ということは、どこかが削れていないとおかしいです……どんなものでも使えば減るわけですから。骨のスープも、骨髄《こつずい》が流れ出して減っていく」

若い博士はトングを取り、石を持ち上げた。重い。記憶にある重量のまま、石は存在し続けていた。

「……これはどういうことですか。少なくとも第三棟の実験だけでも、一千人分のスープを三食、何カ月間も作りました。今だってこの村の人たちだけでなく、よその村人にもふるまっているんでしょう？　それだけ大量に作っていれば、少しくらいこの石に変化があってもおかしくありません」

すると博士は困った顔をした。

「ふうむ。そうは言ってもな、私もどうしてこれが出来上がったのか、実のところわからんのだ。だから第二、第三の石を発明することはできない」

「何ですって？」

「あの妙なカプセルをいじくっていたら、突然、石がこうなったのだ。出汁が出るようになった」と博士は言った。

　なんと博士自身、この成果物がどのように出来上がったのか理解していなかった。もう助手ではなくなった若い博士は台所に石を置き、ありとあらゆる方向から観察しつつ、ぶつぶつと何やら呟《つぶや》きはじめた。難しい数式、仮定法、帰納法、その他学問にまつわる云々《うんぬん》かんぬんを……そして、ひとつの結論に達した。

「……わかりました。これは……この石の謎は……穴です。石に空いているこの二カ所の穴。これはタイムホールだ！」

「何だって？」驚いたのは博士の方だった。「君、タイムホールだなんてそんな、何を言い出すんだ」

「それ以外に説明がつきますか？　あなたは実験を繰り返すうちに、この石の時空を歪《ゆが》めて、タイムホールを生み出してしまったんですよ！　それも棟の食料貯蔵庫との間に！　そのせいで食料貯蔵庫の在庫が減っているんだ！」

　だから食材そのままの味がしたのである。土から掘ったばかりのような泥臭い野菜、何の加工もしていない肉の味がしたのは、貯蔵庫に置かれただけの食材からエキスが抽出され、直接転送されてきていたからなのだ。化学的な妙な臭いがつきまとうのは、タイムホールが熱せられて生まれた臭いなのかもしれない。

「し、しかし君。私が石のスープを作りはじめた時、異変は何もなかった。食料貯蔵庫の中は減っていなかったぞ。それは間違いない。だから上層部も許可を出したんだ」

博士が恐る恐る訊ねると、かつて助手だった若い博士は胸を張ってこう宣言した。

「未来です。少し先の未来の食料貯蔵庫と、現在を繋いでいます」

博士はぽかんと口を開け、その口がなかなか塞がらない。なんとも間抜けな元上司だと思いながら、元助手は博士に指を突きつけた。

「つまりあなたは、未来の食料貯蔵庫の食材を、この石を通じて転送させ、それを石から出た出汁だと言い張ったわけです」

タイムラグ――だからすぐにはわからなかったのだ。石のスープを使っても、未来の食材を使っているのであれば、目の前の貯蔵庫にある在庫は減らない。

「よく考えてみれば、何の変哲もない石に味など付けられるはずがない。それも永久に出る出汁だなんて……この石を使えば使うほど、未来の貯蔵庫の食材がなくなるんです！だから第三棟工場で大量生産した分のツケが今、回ってきているんだ。この石は結局、あの民話と同じなんです。野菜や肉を未来から借りているだけで……」

若い博士の勢いと説得力に、博士はよろよろとよろめき、うっかりスープの中に手を突っ込むところだった。

「な、なんということだ……！」

「すでに棟では食糧難がはじまっています。僕はあちこち見てきました。もうこれ以上この石を使ってはなりません！」

そう言って若い博士は、トングで石を摑《つか》んだまま外へ飛び出し、地面にごろりと転がすと、近くの切り株に置きっぱなしだった金鎚《かなづち》で何度も何度も石を打った。しかし、石はびくともしない。

村の若い者、屈強な者、あらゆる人間を連れてきて石を割らせようと試みた。博士は博士で、例の珍妙なカプセルをいじくりまわし、この石に開いたタイムホールを塞ごうとした。村だけでなく、棟まで持って帰って、あらゆる手段を尽くした。国の上層部も最新式兵器でこの石の破壊を試みた。

けれどもどのような手を打っても、石はひとかけらも崩れず、割れず、タイムホールの穴が塞がることもなかった。じわじわとしみ出してくる出汁が止まることもなかった。博士と若い博士はぜいぜいはあはあと息を荒らげながら、そのままひっくり返った。

「土に埋めたら養分になるだろうか……」

畑に置いてみると、養分は確かに土に染みこんだが、栄養過多で腐ってしまった。

「この石から溢れ出している養分は、やはりスープにするしかありませんよ。みんなに飲ませる方がまだ効率的です」

若い博士は濡れた石を持ち上げた。無限に湧いてくるスープの源《みなもと》。これさえ飲めば、飢えつつある棟の住民たちを満足させることができるだろう。しかし、この石がそもそもの元凶なわけで……若い博士は迷った。迷いに迷った。永遠に出汁が出続けるのであれば、誰かが食べなければもったいない。石は破壊できない。

その時、第一棟から第五棟までの人々が立ち上がった。今度のプラカードに書かれたものは、以前とは正反対に、「石のスープを私たちの口へ！」とあった。「未来を無駄にするな！」「未来の資源を再利用しよう！」人々は飢えの前に、もはや味などと言っていられる状態ではなかった。

ことは一刻を争う。博士と若い博士は決断した。第三棟の工場を再び稼働させ、スープの量産体制を整え、食料を少し先の未来から前借りしつつ現状の飢えを解決するという、自転車操業に打って出た。

石のスープは飢えていた人々の胃袋を満たし、温め、体力を養った。住民たちはみな満足し、博士に感謝した。博士は幸福だった。

ともあれ、飢えは克服したものの、貯蔵庫の問題は解決していない。タイムホールは開いたまま、未来の食料は石に吸われ続け、人々は前借りした食料を日々石のスープとして食べ続ける他、選択肢《し》はなかった。

第三棟のあの厨房長は腕によりをかけて、スープを少しでも美味しく、腹持ちもよくしようと、煮こごり以外のメニューを考えた。水饅頭《まんじゆう》、スープの中の穀類成分だけを抽出した水浸しのパン、肉のように表面を炙《あぶ》ったミディアム・レアの煮こごり――こうした料理の工夫は、第一棟から第五棟までのすべての厨房長が行った。

人々にとって石のスープの味は、不動の味となった。何十日、何百日、何千日と同じものを食べる間に、彼らの舌の方が鈍感になり、今までにあったあらゆる料理や食材の味を忘れていったのである。

そうして何十年もの月日が経ち、不思議な石のスープの料理が何世代にもわたって食べられ、博士はとうの昔に亡くなった頃のこと。若かったかつての助手、今はすっかり年老いた博士が、死ぬ間際の最後の願いとして、特別なことを願い出た。あってはならない願い事ではあったが、石のスープの工場長として働き続けた功労のおかげで、それは聞き届けられ、非常にこっそりと、秘密裏に行われた。

それは肉片だった。すでに滅んだ牛という生物の、サンプルとして残しておいた肉片だった。かつて若かった、今は年老いた博士は、人払いをすると、ベッドの上にバーナーを置き、その牛の肉片の両面を炙った。奇妙な臭いがした。

「いったいこれは何の臭いだ」

記憶の中にある肉の香りは、胃袋を躍《おど》らせ、口の中を唾《つば》でいっぱいにしたものだった。しかし今は、まるで宇宙から来たゲテモノでも焼いているかのようだ。

老人は炙った肉片を口にした。目に浮かぶのは、上司であった博士の白衣と、穴だらけのセーター、オーブンミトンの滑稽な姿。そもそもの元となった石のスープの民話を「気が利いた話だと思わんか」と自慢げに語っていた、ありし日だった。

「さて……とんだ気が利いた話ですよ、博士」と、かつて若かった、今は年老いた博士は言った。

E.ルイスがいた頃

竹岡葉月

Takeoka Hazuki

サウスアボット基地は月面都市群《ルナ・ポリス》の一部であり、れっきとしたアメリカ合衆国五十一番目の州である。これはユナイテッド・ステイツで教育を受けた人間なら誰でも知っていることで、十歳のミカエラも五十一個の州名と州都を暗記して、白地図を完成させる地理のテストを先日受けたところだ。

テストの出来は、完璧だったと思っている。

結果が出る前に、優秀なるミカエラ・バーンズは学校を休まざるをえなくなってしまったのだが。

「はあい、ミカエラ」

シートベルト着用の赤いランプが消えてまもなく、スペースシップの客室乗務員がミカエラのところにやってきた。目が合えばいちいちウインクをして、馴《な》れ馴れしいのが煩《わずら》わしい。

「食事を持ってきたわ。チキンでよかったわよね」

本日の機内食は、皮の表面のつぶつぶまで巧妙に再現した大豆タンパク製グリルチキンか、皮の裏のぬるぬるまで巧妙に再現した大豆タンパク製サーモンステーキの二種類から選べるらしい。付け合わせのグリーンサラダがいかにも栄養パウダーをプレスして作った安っぽい質感で、たぶんレタスを食べてもきゅうりを食べても同じ味がするのは想像がついた。

（……こんなにいらないのに）

パックのフルーツジュースは――よかった。いつも飲んでいる製造工場のものだ。

「いっぱい食べてね。十五分後にまた来るわ」

そしてまたウインクの追い打ち。本当にもう、放っておいてほしい。ミカエラは内心ぼやいた。

基地の搭乗口で母と別れてから、ずっとこんな調子だ。大人抜きで宇宙船に乗る場合、ミカエラのような子供は終始スタッフの監視下におかれるわけである。

期限は着陸先の到着ロビーにいる、ミカエラの祖父に引き渡されるまで。

（一度も会ったことない人だけど。ママの親だった人なんて）

思わず鼻にのった視力矯正《きょうせい》用の眼鏡を、人差し指で押し上げた。

――ねえミカエラ。色々手続きが済むまで、フロリダにいるおじいちゃんのところに行かない？

きっかけはそんな母親ケイティーの一言だった。

この場合の『色々』というのは、ただいまバーンズ夫妻は離婚の成立に向けて、詰めの段階に入っているためである。一人娘の親権はケイティーが取る線が濃厚だが、別居中の父スティーブもわざわざ月面都市群の反対側にあるニューロンドンからミカエラたちの居住区まで来て、弁護士立ち会いのもとで最後のお話し合いをするらしい。

とっくに冷え切った夫婦の会話を今さら聞いたところでどうでもいいと思うが、向こうが耳に入れたくないようだ。浮かんだのが月の外への厄介払い《やっかいばら》——母方の祖父宅に、ミカエラを一時避難させるプランだったわけだ。

『おじいちゃんって、どんな人？』

『……会えばわかるわ。悪い人じゃないから』

ミカエラは真面目で仕事熱心な母の、回答までのわずかな『間』を敏感に感じ取った。

『ごめんね、ミカエラ。終わったらすぐ迎えに行くから』

とはいえ子供というものは、基本的に無力である。すまなそうに言われたところで、彼らの決定が覆《くつがえ》ったことなどまずなかった。

祖父の名はエディ・ルイス。十年ほど前に経営していた小さな事務所を人に譲り、今は地球のとあるシニア・コミュニティで、リタイア後の一人暮らしを満喫しているらしい。母が手続きを終えて迎えに来る頃、ミカエラたちはこの人と同じファミリー・ネームを名乗ることになるわけだ。

船の窓から見える地球は、ミカエラが生まれ育った月の何倍も大きい。

「……ばっかみたい」

かくしてミカエラはアメリカ合衆国五十一番目に成立した州を出て、二十七番目に成立したフロリダ州に行くことになったのである。


ケネディ宇宙センターを祖とした国際宇宙港は、アメリカ南部フロリダの東海岸にある。祖父の家も同じフロリダの郊外にあるそうで、車で迎えに来るという話だった。

「さあミカエラ。お祖父《じい》様がお待ちしているはずよ。楽しみね」

例の客室乗務員が、テンション高く宇宙港ターミナルビルの到着ロビーを歩いていく。

自走式のトランクと一緒について歩くミカエラは、大気圏の中から見る空の異質さと、海という水平線の存在に、内心度肝《どぎも》を抜かれていた。

しかし祖父が待っているというロビー正面に、それらしい人影はなかった。

「あらあ、おかしいわね。ターミナル内にいると連絡は来ているんだけど――ちょっと待ってねミカエラ。ルイス様！　エディ・ルイス様はいらっしゃいませんか！」

大声とは原始的な解決方法である。

「――私です」

対する返事は、意外と近いところから来た。というより、到着ロビー正面、構内案内図前という、まさにお約束の場所そのままの位置に立っていた人であった。

「……ルイス様？」

「はい、エディ・ルイスです。孫のミカエラ・バーンズを迎えに来ました」

それでも彼を除外して探していたのは、決してわざとではない。

一般的に考える『おじいちゃん』像から、かなりかけ離れた姿をしていたからだ。

（……おじい、ちゃん？）

おにいちゃんの間違いでは？

歳《とし》の頃は、ミカエラが見るかぎりがんばって二十代半ばといった感じだ。

たとえば南国仕様の派手な半袖《そで》シャツと、細身のジーンズとサングラスの組み合わせは、浮ついて軽い印象しかない。フロリダの宇宙港という場所柄ゆえ、似たような軽装で到着客を出迎えるツアーコンダクターや地元の若者は沢山いたが、そもそもミカエラたちが探していたのは引退済みの老人のはずである。こんなアイドルのプロモーション映像に出てきそうな、チャーミングが売りの優男ではない。断じてない。

「これが身分証です。確認してください」

顔のいい男がＩＤカードを客室乗務員に提出し、サングラスを取る。あらわれた瞳の色が、母ケイティーそっくりでどきりとした。

「……失礼ですが、不老処置の手術を？」

「ええ、はい。お恥ずかしい話ですが、若い頃にちょっとヤンチャしたもので」

男はウェーブがかった栗毛《くりげ》をかきかき、照れくさそうに笑った。客室乗務員が、わかっていても一瞬目を奪われていた。

「生体情報を確認いたしました。エディ・ルイス様ですね」

「遠いところから、わざわざありがとうございました」

「それはお孫さんにおっしゃってくださいな。それじゃミカエラ、元気でね」

客室乗務員は、最後までウインク＆ハグの、馴れ馴れしい態度を変えようとはしなかった。しかし今はそんな背中でも、『置いていかないでお願い』とすがりつきたくてしょうがない。

「――さ、行こうかミカエラ。外に車を待たせているんだ」

自称エディ・ルイス氏は、気さくにこちらの肩を叩いて歩き出す。

国際宇宙港を一歩外に出ると、強い強い太陽光と、路面の埃《ほこり》を舞い上げる風、そして嗅《か》いだことのない匂いが鼻をついた。

「――生臭い、かな？」

まるでこちらを見透かすように、エディが笑った。

「九月も末っていっても、このあたりは一年中温暖だからね。これが大地と大気の匂いだ。ミカエラを歓迎してる」

「……わたしは……」

「ほら、あそこに駐車した車だ。おおいキャプテン！」

タクシー乗り場の脇に、旧式の赤いオープンカーが停まっていた。運転席に、レスラーのような体軀《たいく》の黒人が座っている。はちきれそうなタンクトップの首元に金のネックレスをつけ、頭はつるつるのスキンヘッド。しかしまばらに生える髭《ひげ》はすっかり白髪になっていて、七十はゆうに越えたご老人のようだ。

（すごく派手）

悪そうなおじいさんだ。

キャプテンと呼ばれた老人は、こちらに気づくやいなや、強面《こわもて》の顔をほころばせた。

「おお、そいつがおまえさんの孫娘か」

「そうだよ、ミカエラだ」

「とにかく乗った乗った。なかなか骨のありそうな面構《つらがま》えの子じゃないか」

助手席のエディに続き、ミカエラが後部座席におさまったところでそう言われた。

ミカエラは、無言で眼鏡を押し上げる。自分が『可愛《かわい》い』と言われるタイプでないのは、月にいる頃からよくよくわかっていた。

「ミカエラ、彼はキャプテンだ。うちのご近所に住んでいる」

「まあ友達《だち》ってやつだ。しょうもない方のな」

キャプテンはかかと大笑いして、骨董品《こっとう》のような車を発進させた。

屋根なしオープンカーの、容赦《ようしゃ》ない強風にもみくちゃにされながら、ミカエラはずっと助手席にいる祖父のことを考えていた。

「……ルイスさん」

「水くさいな。エディでいいよ」

「もしくはおじいちゃま、とかな」

「ルイスさん。どうして不老処置を？」

ミカエラは頑《かたく》なに続けた。頑固と呼びたければ呼べばいい。

いわく。健康な体を機械に置き換えること、外見の老化を止める全身不老処置も含め、今となっては全て危険かつ倫理に反する行いとして禁止されているはずだ。ミカエラも本物を見るのは初めてだった。

「……ミカエラは知らないかもしれないけどね、昔ちょっと流行《はや》ったことがあったんだよ。戦争がやっと終わって、みんな解放感に溢《あふ》れていてさ」

「流行ってたら何してもいいんですか？　それってかっこいいんですか？」

二人は黙り込んだ。

「体の負担も大きいですし、元に戻すこともできないんです。あまりに『タンリョ』すぎます」

「君は……なんていうか真面目な子だね……」

「真面目どころか、とんだカチンコチンの石頭じゃねえか。こんなん見たら卒倒するんじゃねえか」

「ひ」

いきなり運転中のキャプテンが、後部座席を振り返った。危ないから前を見てと思ったけれど、なぜか丸太のような腕から伸びる右手首の先がなく、ハンドルに残った右手が、そのまま自動運転を続けていた。

「さ、さいぼーぐ……っ！」

「これは別に違反はしてねえよ。元の手は爆弾で吹っ飛んじまっただけだ」

分離した右手首の奥から、ちゅいーんという駆動音とともにドリルが迫《せ》り出してきて、その先端でぽりぽりと耳の後ろをかいている。

「ま、便利っちゃ便利だ。色々取り付けられるしな」

「だからあだ名がフック船長《キャプテン・フック》なんだ」

祖父がにこやかに補足してくれた。ミカエラは本当に卒倒したかった。

「確かにミカエラの言う通り、老けないのもいいことばかりじゃない」

「なんせもてねえしな」

「そうそう。『あなたと話していると、孫とおしゃべりしている気になるから。ごめんなさい』だってさ。切ないよ」

「そんで、寄ってくるのは子か孫みたいな歳の小娘ばっかり」

「それは私の方がごめんこうむりたい」

「――いーかげんにして！　どうしてそんなに不真面目なの、いい歳して！」

エディとキャプテンが、顔を見合わせて大笑いをはじめた。

「いい歳だから不真面目なんだよ」

知るか。この不良ども！

「んじゃあな、おまえら。また明日な」

高速と一般道を二時間ほど走らせた先に、祖父とキャプテンが暮らす集落があった。

「ロスんとこのこそ泥に関しては、あらためて話し合おうや」

「了解だ」

「あばよ」

来る途中にあった町からは少し離れており、カラフルな赤いテラコッタの瓦《かわら》屋根を使った住宅が、おそろいのように点々と建っている。ほとんどが近年になって移住してきたシニア層とのことだ。集落全体が老人ホームのようなものなのか。

キャプテンはミカエラたちを家の前で降ろして、またオープンカーで走り去っていった。

「……何かあったの？」

「気にすることはないさ。さて——と。とりあえず荷物を置きに行こうか」

背の低い柵に囲まれた庭の向こうに、やはりテラコッタの屋根と漆喰《しっくい》の壁でできた、平屋の一軒家がある。ポーチを上がって家の中に入ると、まず照明のスイッチを手動で入れた。

「君の部屋は、ここ。バスルームとトイレは、出てすぐ反対側。何か必要なことがあったら、すぐに言ってくれよ」

リビングも通された客室も、コンパクトながら落ち着いた調度で、掃除もよく行き届いていた。

「孫が来るっていうからね。シーツもカーテンも新調したよ。なかなかいいだろう」

自慢げにされても、そのセンスはやはりちょっと最新とは言いがたい。

見た目はとても若いけれど、それでも中身は外見通りとは違うのだ。ちぐはぐで小さなところにひっかかる。

「ルイスさん」

「ん？」

「わたしのママは、行き過ぎた高度医療には反対のスタンスで、わたしの近視の治療にもいい顔をしないんです」

おかげでずっと、物理レンズの眼鏡暮らしを強《し》いられてきた。そばかすが気になろうが、鼻の形が悪かろうが、必要以上に体をいじるものじゃないと、よく言われる。

「それは……たぶん私のせいだろうね」

エディが苦笑いして認めるまでもなく、そういうことなのだろう。

「ママは、わたしをここにやるのを、最後まで迷っているように見えました」

「それでも大事なミカエラを預けてくれたことを、嬉《うれ》しく思っているよ」

相変わらず祖父の目は笑っている。母と同じブルーアイズに、豊かなブルネット。

彼が部屋を出ていくのを見届けてから、ミカエラはベッドに倒れ込んだ。

（騙されるもんか）

どうせいるのは期間限定だ。そうそう気を許してなるものかと思った。

翌日の朝。ミカエラが着替えて部屋を出ると、キッチンにエディがいた。

おにいちゃんにしか見えないおじいちゃんは、一夜明けてもそのままだった。

「おはようミカエラ。早起きさんだね」

「……あなたも起きてる」

「年寄りの朝が早いのは普通だよ」

さようでございますか。皺《しわ》一つない顔で言われましても説得力がない。

「朝ご飯の支度をしようと思うんだ。ミカエラも手伝ってくれないか?」

「……手伝うって、なにを?」

「まずは材料を採ってくる。おいで」

てっきりシリアルに牛乳をかけるか、朝食用のミールキットを温めるぐらいと想像していたが、エディは勝手口の帽子かけにあったテンガロン・ハットをかぶり、ドアを開けた。

建物の裏庭に広がっていた光景に、ミカエラは息をのんだ。

「うそ」

「嘘《うそ》なものか」

「……だって。地面から生やしてるの、食べ物を」

「その通りだよ。昔はそうやって野菜も果物も育てていたんだ」

自分の目が信じられない。

掘り返して耕《たがや》した地面に、植え付けた植物が規則正しく並んでいる。これが『畑』というのは、教科書で読んで一応知っていた。社会というより、歴史の分野でだが。

「このあたりはもともと農業地帯でね。粘土質でも砂でもない、水はけはいいけどしっかり蓄えられる土なんだよ。トマトやハーブなんかがよく育つ。あとはなんといっても柑橘《かんきつ》類だね」

小さな菜園の周りを、黄色い果実をたわわに実らせた果樹が取り囲んでいる。それがミカエラも知るオレンジなのだと気づいてぎょっとした。

世の中の食べ物は、たぶん大きく分ければ二種類ある。一つは味と栄養価だけ似せて合成した○○もどき系。もう一つは、専用プラントで肉や野菜などを培養する素材系だ。

これは分類するなら素材系なのだろうが、月の食品製造工場で培養され、プラントのレーンをころころ転がるオレンジではない。なんと原始的な！

エディは問題の畑から、なっているトマトやきゅうりをもぎ取り――別に死にはしないらしい――樹の枝についたオレンジも、ハサミでぱちんぱちんと切り取ってしまった。

収穫した野菜と果物は、一つ一つミカエラに手渡された。

トマトはミカエラが月で食べているものに比べて、表面に傷がついて塞がった跡があったし、きゅうりは先の方が曲がっていた。オレンジも表面がごつごつしている。

「これが今日の朝ご飯だ」

——本当に食べるつもりらしい。

家の中に戻って、サンドイッチ用の薄切りパンにバターとマスタードを塗って、スライスしたトマトときゅうり、そしてチェダーチーズを挟み込んだ。

あとはオレンジ。中の果汁を搾《しぼ》って、ジュースを作る。

ミカエラはほとんど見ていただけだ。「テーブルに持っていって」と言われて、ダイニングテーブルに皿とオレンジジュースの入ったコップを運んだぐらいである。

「それでは大地の恵みに感謝して。いただこうか」

食べろと言われても——。

エディはこちらの葛藤《かっとう》を知ってか知らずか、なんのためらいもなくサンドイッチを頬張《ほお》っている。ついさっきまで、剥《む》き出しの土から生えていた食べ物をだ。水で洗ったといっても、衛生的にどうなのだと思わなくもない。

前夜は食欲がないと言って、手荷物に入れていたビスケットで軽く済ませた。朝は起きてからこちら、何も口に入れていない。もともと小食で固形物に執着はないが、喉《のど》は非常に渇いていた。

半分やけになって、コップのオレンジジュースを一口飲んだ。

（もう知らない）

酸味のみずみずしさで、半分寝ていた体が一気に覚醒した気がした。

「ミカエラ？」

「……………すっ」

すっぱい。非常にすっぱい。あの宇宙船で飲んだフルーツジュースの、何倍もすっぱい。

でも甘味もちゃんと感じられて、ぜんぜん嫌なすっぱさじゃない。

果物から直接搾ったせいで、粒が残って水のように一気飲みとはいかない。でも、この場合はそれでいいのだと思った。コップに少々でも、気持ち的には新鮮なフルーツをまるごと食べたような満足感。

これはサンドイッチの方も、積極的に確かめてみるべきだろう。ミカエラは追求の手を止めず、野菜サンドをがぶりとかじる。なるほど——挟まったトマトときゅうり。どちらも味が濃くて、特にきゅうりの歯切れの良さが気に入った。これならレタスと一緒に食べても間違えようがない。

「いいよいいよ。慌《あわ》てないでゆっくりお食べ」

「…………わたし、何も言ってない」

口いっぱいに頬張ってしまったせいで、返事をするにも時間がかかった。

エディが母と同じ色の目を細める。

悔しいけれど、久しぶりに残さず朝ご飯を完食してしまった。母に驚かれるかもしれない。

本当に、どういうことだこれは。


――謎が解けないまま、数日が過ぎた。

祖父は日中、自分で耕した畑の草を抜いたり、果樹の世話をして過ごしているようだ。

ミカエラもすることがないので、学校から出された課題を端末で解きつつ、そんな祖父の行動を観察して過ごした。

ただいまミカエラは、納屋の隅《すみ》で埃をかぶっていたガーデンチェアとテーブルを引っ張り出してきて、詩の書き取りをしている。エディは脚立にのり、剪定《せんてい》ばさみ片手にオレンジの収穫作業をしている。

終われば傷ありと傷なしに選別して、傷がないものは近隣のホテルやレストランなどに卸《おろ》しているそうだ。

「わざわざ古文書みたいな育て方で作ったたって言うと、珍しがってくれる人もいるんだよ」

「ふうん……」

「案外いい値で売れる。年寄りの小遣い稼ぎとしては、悪くないよ」

変な人だと思う。今頃になって地べたで土にまみれて、自然に寄り添って食べ物を育てて。

自分自身が、何より不自然の塊《かたまり》なのに。

ミカエラは、端末の画面をいったん閉じた。

「……ねえ、なんで？」

「ん？」

「どうして手術なんてしたの？」

「それは前にも説明した通り」

「ヤンチャしたから？　流行ってたから？　でもあの頃の流行って、不老処置以外もいっぱいあったはずよね」

どうしてよりにもよって、時を止めることを選んだのかがわからない。

エディは脚立の上で、少し思案した後にこう言った。

「時よ止まれ。そなたは美しい」

「……なに？」

「古い戯曲《ぎきょく》の一節だよ。とても幸せなことがあるとね、この瞬間を切り取ってとどめておきたいと願う、極めて刹那《せつな》的な感情に心を奪われることがあるんだよ。てっきり戦地で死ぬかと思ったのに、生きてリンダに会えたとか」

それは母を産んでまもなく亡くなったという、ミカエラの祖母の名だった。

「……わかんない」

「ケイティーも同じことを言った」

苦笑するエディと、飲み込みきれないミカエラと。なかなか埋まらない『間』に割り込むように、どこかから地響きに似た音が聞こえてきた。

「な、なんの音……？」

「ああ。これはたぶん、キャプテンだな」

エディはのんびりしたもので、果樹の向こうに遠く見える民家を指さした。

騒音のもとは、キャプテンのお宅の、大きなガレージからだった。

ミカエラも乗せてもらった骨董品のオープンカーをよけて歩くと、その向こうに整備用の作業スペースがある。キャプテンはエンジンなどを外して整備するためのスタンドに取り付けられた、チキンの丸焼きサイズの機械を調整しているようだ。

手元のスイッチを押すと、激しい振動とともに反対側のノズルから火が噴き出る。動作を見守る目は、熟練のエンジニアのように真剣そのものだ。

「あれは……？」

「キャプテンの新しい義手だよ。分離して発射できるようにするんだ」

「……なんのために？」

「ロマンだよ」

今度こそ曇《くも》りのない顔で即答された。他にいったい何が？　と。ミカエラは呆《あき》れて何も言えなかった。エディがキャプテンのところへ歩いていく。

「どうだい、調子の方は」

「ダメだな。どうも出力が安定しねえわ——」

ここの老人はみんないかれている。

その場で夢とロマンの実現のため、あれやこれやと議論が始まったので、ミカエラは完全に置いていかれた形だった。

仕方なくガレージの隅で、さきほどの宿題の続きをやっていた。

「——それ、ゲームとかもできる設定？」

無遠慮な質問に顔を上げれば、同年代ぐらいの赤毛男子が、チューインガムを噛《か》み噛み端末画面をのぞき込んでいた。

「……できない。勉強用だから」

「まっじめー」

ミカエラは黙って青筋をたてた。少年は冷めた目でガムの風船を膨らませる。

「あんた？　月から来たエディの孫って」

「その通り。ぜんぜん見えないでしょうけどね」

「まあオレだって、じいちゃんの孫にはぜんぜん見えない方だ。養子だし」

さらりと返された。言葉につまっていると、向こうはこちらの横に腰をおろした。

「オレ、オリバー。あんたは？」

「……ミカエラ」

内心気まずく思うミカエラだが、オリバーは特に気にしていないようだ。

「とりあえずさ、エディはわりといい奴だぜ」

「フォローどうもありがとう」

「いやお世辞とか、そういうんじゃなくて。かなり物知りだし、育てりゃ小遣い稼ぎできるってんで、このへんのじじばばはみんな庭や空き地にオレンジだのレモンだのを植えだしたんだよ。エディの影響だ」

ガレージの出入り口から見える花壇にも、確かに柑橘の低木が生えて実をつけていた。

祖父のおかげなんて、そんなことは知らなかった。

エディとキャプテンは、いじっていた新型ロケットパンチの噴射が止まらなくなり、「緊急停止！」「消火器持ってこい！」と大騒ぎしている。

「……のわりには大人げはない気もするけど」

「否定はしねえな」

お互い顔を見合わせた。ちょっとだけ、心が通じあったような気がした。

「おい、オリバー！　いるなら座ってねえで手伝え！」

キャプテンに呼ばれたオリバーが、「わーかってるよじいちゃん！」と叫び返す。

「あのさ、幽霊見たくね？」

「え？」

「出るんだよこのへん。夜になったら案内してやろっか」

オリバーは至近距離、ひどく愉快そうに口の端を引き上げ、「決まりな。後で迎えに行く」と立ち上がった。

「おまえが女口説くなんざ、百年早いわ」

「そんなんじゃねえって――」

ミカエラは、ただどぎまぎと端末を抱えることしかできなかった。

そんなんじゃない。確かにそうだ。でも友達にこんな風に誘われるなんて、サウスアボットの学校でも一度もなかったのだ。

その日の夕飯は、手作りのチリコンカンとチキンサラダに、ガーリックトースト。畑のトマトと玉ネギも使って、居候《いそうろう》のミカエラも手伝った。

食卓で考え込むミカエラを、エディが案じて声をかけてくる。

「どうしたミカエラ。チリが辛い?」

実際、分厚い鍋でことこと煮込んだチリコンカンは、トマトと牛肉の旨《うま》みを豆がたっぷり吸い込んで、かりかりのバゲットに合わせて食べると最高だった。

前ほど祖父という人に嫌悪感があるわけではなかったが、オリバーの誘いを報告するのは違う気がしたのだ。なんだか『告げ口』になってしまうようで。

「……ううん。大丈夫」

「ならいいよ」

まったく。品行方正な優等生のミカエラ・バーンズが、大人に秘密を作るなんて。後ろめたいのと同時に、ちょっぴりどきどきするのを止められなかった。

そして——コン、と部屋の窓がノックされたのは、零時近い真夜中のこと。

明かりを消し、ベッドにもぐって寝たふりをしていたミカエラは、その合図で毛布をはねのけた。

着ているのはパジャマではなく、動きやすいTシャツとハーフパンツだ。用意していたリュックサックを背負い、スニーカーに足を突っ込みながら、窓辺に近づく。約束通り、オリバーが手を振っていた。

「満月だぜ。ライトいらないぐらい」

「静かに。ミスター・ルイスが起きちゃう」

冒険の始まりにテンションを上げるオリバーに対し、ミカエラはひたすら周囲を気にしていた。

オリバーに手を貸してもらいながら、庭に面した一階の窓から飛び降りる。

「幽霊って、どこに出るの？」

「バイパス沿いを少し行ったところに、閉店したレストランがあるんだ。オレが見たのはその近く」

いわく、誰もいない荒野の方角から、青白い鬼火の列が現れ、廃墟となった店に向かって消えていったのだという。

「ウィル・オ・ウィスプ……」

「そうそれ。絶対やばい」

確かにやばい。ミカエラたちは庭の柵を乗り越え、道路を横切り、死んだように寝静まった家々を後にした。

ロードサイドの廃墟レストランは、深夜もトラックドライバー向けに明かりを灯《とも》す他の店と違い、そこの周りだけ真っ暗だった。背後は不気味な草っ原が広がっている。

錆《さび》の浮いた立て看板の下に、二人して陣取る。

さまよう魂《たましい》が近づいてくれれば、どの方向からだろうとすぐにわかるはずだった。

「今、あの地区に子供ってオレしかいなくてさ。こんなネタがあっても、話せるやつがいないんだよ」

ミカエラには同級生が沢山いたが、話してくれる人など皆無だったなんて言えない。

「ちょっと前まで、年上でも一人いたんだけど。そいつ都会の寄宿学校に行っちまった」

「……オリバーは、ここを出たいの？」

「出る。っつーかいつかはそうなると思う。宇宙船とか作る人になりたい」

看板の支柱に背中を預け、夜空を見上げる横顔は、暗いせいであまり判別がつかなかった。でも、声には確かな決意がにじんでいるように思えた。

「あんたはいいな。月面都市群なんてなんでもできそうじゃねえの」

「……そうでもない。単に生まれた場所がそこってだけ」

親が離婚するなら厄介払いされるし、自分の力では眼鏡も外せない。間違っているかもと思っても、いったん染みついてしまった価値観を変えられない頑固さではさもあらんといった感じだ。

「初めて祖父に会ってね、すごくびっくりして、それからずっと固まったまま。ああいう人は認めちゃいけないって、『コテイカンネン』が邪魔するの。ほんと石頭なのわたし」

「ならもう、握手するまで秒読みじゃねえの。楽勝楽勝」

オリバーは楽観的なようだ。ミカエラはそれこそ羨《うらや》ましいなと思った。

「――なあおい、ミカエラ」

「しっ。わたしも見えてる」

オリバーが急に腰を浮かそうとしたので、ミカエラはその場で制止した。

二人が喋《しゃべ》っているうちに、待ちかねていた鬼火らしきものが近づいてくるのだ。

数は一つ、二つ――三つか。真っ暗な平原を、地面から少し離れた、大人の頭ぐらいの高さで移動している。

「……ねえ、待って。あれ、もしかして人間じゃない？」

「は？」

「幽霊じゃないよ。ヘッドランプとかつけた人だよ」

ミカエラは早口に喋った。満月なのが幸いして、ランプの光源以外の部分も、月明かりで照らし出されている。露出をおさえた黒っぽい服を着て、それぞれ肩に、荷物を詰め込んだ麻袋や、コンテナをかついでいる。

「……泥棒……？」

「ま、まさか。このへんに盗むような金目のものなんて」

「あるでしょ。地植えのオレンジとか」

オリバーが、ぎくりとするのがわかった。

そう。エディ・ルイスの影響で、このへんのじじばばはこぞって小遣い稼ぎをしているのだろう？　思ったよりもいい値で売れると、祖父も言っていた。

「……きっと町のやつらだ。くそ、上前だけ横取りしようとしやがって」

「誰かに知らせないと」

通報は市民の義務、国民の義務だった。

ミカエラはリュックサックを背中から下ろし、中に入れていた宿題用の端末を起動する。

存在だけは教えられていた、緊急コールに繋《つな》げようとして――。

「誰だ！」

カッと両目に強い光源が飛び込んできて、目がくらんだ。

「そこで何をしてる。動くんじゃねえぞ！」

ようやく目が慣れてくる。廃墟レストランの駐車場に、黒のバンが一台停車していた。中から降りてきた男が、懐中電灯でこちらを照らしている。

「……十秒数えたら、それぞれ反対方向に逃げるぞ」

やめてよ。そんなの無理だよオリバー。

「……いったいどこのクソガキだ。痛い目にあいたくなければ答えろ」

男がすごむ。鬼火のように野原を移動していたオレンジ泥棒たちも、たぶんすぐ側まで来ている。

――八、九、十。

「つっ走れ！」

オリバーのGOサインに、無我夢中で地面を蹴《け》った。

運動神経は、お世辞にも良いとはいえない。それでも必死に数十メートル走ったところで、「いてえ、この野郎！」と男の悲鳴があがった。振り返れば、駐車場でオリバーが男に羽交い締めにされ、その手に噛みついていた。

「オリバー！」

「バカ、止まるな！」

別々に逃げるのではなかったのか。まさか一人で足止めする気だったのか、何をしているのだ。

「いいから走れ！」

「嫌だよそんなの！」

泣きながら首を横に振った。そんなことできるはずがない。

路肩に上がってきた泥棒たちが、ミカエラの前に立ち塞がる。

「ちょうどいいフリップ、その眼鏡の娘をつかまえてくれ！」

ヘッドランプの強い明かりで素顔がよく見えないまま、大きな手が伸びてくる。

いやだ。たすけて。

肩をつかまれもみ合いになった瞬間、けたたましい音とともにレストランの窓硝子《ガラス》が割れていった。

（は）

フルオートの機関銃が、いきなり撃ち込まれたようだ。一番近くでオリバーをつかまえていた男は、耳をおさえて地面にうずくまった。

車道の反対側から、道路照明灯のわずかな明かりを背に、十数人規模の集団が徒歩で近づいてくるのが見えた。

レストランの窓を木っ端《こぱ》みじんにしてみせたのは、義手の先端から細く煙をたなびかせるフック船長《キャプテン・フック》だろう。以前はドリルを生やしていた右手が、まるごとマシンガンに付け替えられていた。

他にもミカエラのところにパイの差し入れをしてくれた老婦人が、年代物の猟銃《りょうじゅう》を構えている。三軒隣のボブじいさんは狙撃銃。みな地区の引退したご老人であり、装備する火力と平均年齢が高すぎる。

集団の先頭にいるのは、外見だけなら飛び抜けて若い男だ。ふらりと歩いてきて、相対する泥棒たちに警告の言葉を発した。

「うちの孫から手を放しなさい。今すぐに」

エディ・ルイス。ミカエラの祖父である。

「待て。話を聞いてくれ。俺たちは――」

ポケットから手を抜いたとたん、銃声がとどろいた。ミカエラをつかまえていた男から、ヘッドランプのバンドだけが落ちた。

やったエディは笑った。

「手を放せ、と言ったんだ。戦後生まれのひよっこには、これ以上の説明が必要か？」

「……あ、あ、あ」

それ以上は言葉にならず、男たちはわあわあと動物じみた悲鳴をあげながら、ちりぢりに逃げ出していった。

周辺の路肩には、彼らが盗んだオレンジが、場違いな明るさで散らばっていた。


どうもエディを含めた老人たちは、ちょくちょく納屋や畑の収穫物が盗まれているのを知っていて、対策に動いていたようなのだ。

知らずに現場に飛び込んでしまった形のミカエラたちは、かなり叱《しか》られた。

「こんのバカ孫が！　よりにもよって嬢ちゃんまで巻き込みやがって！」

「いて、いってえよじいちゃん！　ただオレは幽霊」

「反省しろ！」

オリバーは、キャプテンの銃になっていない方の手で、しこたまゲンコツをくらった。

一方、ミカエラだ。

キャプテンとは逆に、エディがひたすら静かなのが気まずくてたまらない。

隠し事をした。心配をかけたし、迷惑もかけた。

「あの」

「……ともかく、無事でよかった」

エディはため息とともに、ミカエラのことを抱きしめた。

眼鏡がずれて頬に食い込んで、ちょっと痛い。ほんの少し前まで、ミカエラたちを守るために銃を構えていた祖父の手だ。

「……ごめんなさい。おじいちゃん」

言葉は、気持ちと一緒に素直に出た。

普通じゃない。正しくないならなんなのだ。ここでこの人が心から安堵《あんど》しているのだと思ったら、また泣きたくなった。誰がなんと言おうと、エディ・ルイスはミカエラの祖父で、彼はミカエラ・バーンズを愛する家族なのだ。揺るぎのない事実だった。

大気圏の下で見上げる空は、まっさらな晴天。

ミカエラとオリバーが、担当する計器の数字を読み上げる。

「西の風、風速三・五メートル！」

「気温二十七度！」

「これ以上は下がらないか。キャプテン」

今日は家の近くの原っぱで、キャプテンのロケットパンチの発射試験なのだ。

「おう。やるか」

試作機を腕にはめたキャプテンが、おもむろに足幅を広げる。彼の近くにいたエディが、小走りにミカエラたちのところまで後退した。

「遮蔽《しゃへい》物なし！」

「ファイアアアアア！」

仰角《ぎょうかく》六十度。激しい煙と音をたてて、右の拳《こぶし》が撃ち出される。

「すごい、飛んだ！」

「行け行け行け行け！」

「思ったより素直に行ったたな」

さながら小型のロケットか、ミサイルの打ち上げシーンを見守るかのようだった。形状が拳である意味はさっぱりわからなかったが。

「これさ、飛ばしたらどうなるの」

「落ちたところで回収するんだよ。もったいねえだろ」

「なかなか落ちないんだけど」

もう肉眼では、飛んでいくパンチ型ロケットの本体が見えない。糸を引く煙が、わずかに見えるだけだ。

「ちと燃料入れすぎたか」

「あ、曲がった」

「は？」

唯一双眼鏡をのぞき込んでいるオリバーが、呟《つぶや》いた。

「パンチが曲がった。Uターンした。こっち来る」

「なんて言ったおまえ」

「逃げろ！」

現場は騒然となった。駆け出すオリバーとキャプテンに交じり、もたつくミカエラを小脇に抱え、エディも走る。上空を一周したロケットパンチは、原っぱに捨て置かれた掘っ立て小屋に着弾した。

もうもう砂煙が舞い上がり、小屋は原形をとどめないほどばらばらになった。

姿勢を低く、頭を守れと指示されていたミカエラだが、それを見て笑うのをこらえられなかった。

「ミカエラ」

「だって、おかし……ははは！」

地面に伏せたまま笑い転げるミカエラを見て、近くにいたエディもまた笑い顔になった。

みんなで笑って、笑って。笑い転げて。けれど舞い上がった砂煙がおさまると――。

「……何をしているの、あなたたち」

スーツ姿の母、ケイティー・バーンズが、口元を引きつらせて立っていた。


ミカエラがここに来たのは、父と母の離婚問題が片付くまでの、期間限定。

なぜか最近は、その前提を忘れてしまっていた――。

「連絡してくれればよかったのに。宇宙港まで迎えに行った」

「別にそこまでしてもらわなくてもいいわ。いい大人なんだから、住所がわかれば一人で来られるもの。お忙しそうだし」

「――あの、ママ！」

祖父と母親の、どこかぎこちなさが漂う会話に、ミカエラは無理矢理割って入った。砂だらけの服を両手ではたいて、ケイティーの手をつかむ。

「あのね、お腹《なか》減ってない？」

「え？」

「減ってるよね。そろそろランチだし。わたしね、お昼ご飯作れるよ。作ってあげる！」

「ミ、ミカエラ？」

家と畑の方角を指さし、そのまま彼女の手を引き、強引に歩き出す。

もし母とエディの間にある距離感が、ここに来る前のミカエラそのものなら、きっと誤解していることがあると思うのだ。それを少しでも伝えたかった。

「ここにあるのはね、オレンジの樹だよ。本物の食べられるやつ。おじいちゃんが植えて育ててるの。フロリダは気候がいいから、真夏以外は一年中収穫できるんだって。それであっちの畑が野菜畑。土を耕すところから始めたんだ。ここはしっかり『蓄える』いい土なんだよ」

早口になりそうなのを、懸命におさえて説明する。そして母屋《おもや》の前まで来たら、「待っててて」と言って、キッチンへ走った。

（よし）

朝に収穫したオレンジが、カウンターの籠《かご》に入っていたので、果物ナイフで食べやすい大きさにカットした。本当はエディがやったように、果汁搾り器で手搾りのジュースを作りたかったが、ミカエラには少々力が足りない。

パンはゴマ付きバンズを半分に切って、バターを塗ってからレタスと昨日の残りのミートローフをどんとのっける。薄切りのトマトと赤玉ネギをトッピングして、ケチャップとホットソースをかけたら、残りのバンズをのせてピックを突き刺す。どうだ、立派なミートローフ・サンドイッチのできあがりだ。

これもここに来てから、エディを手伝って覚えたものである。

三人分のサンドイッチとフルーツを用意して、トレイにのせて母たちが待つ裏庭へ向かった。

勝手口の開閉に苦労していたら、エディとケイティーが、ガーデンチェアに座って話しているのが見えた。

「かたはついたのかい」

「……おかげさまで。色々と迷惑をかけてごめんなさい」

「ミカエラのことなら気にするな。とても良い子だよ」

よくミカエラが、作物の世話をする祖父を横目に、宿題を解くのに使っていた、あの椅《い》子《す》とテーブルだ。

ケイティーが、テーブルを挟んで隣にいるエディに目を細めた。

「いつ見ても変わらないわね」

「君は老けた」

「そりゃそうよ。余計なことはしていないもの」

　あっさり認める。年相応に美人な母は、人工的に時を止めたエディより、ずっと年上に見えた。

「昔は嫌だったわ。家にいる年齢不詳の人を、父親と呼ばなきゃいけないんだから。いちいち兄や従兄《いとこ》に間違えられて、訂正しなきゃいけない人生なんてまっぴらだと思った」

「面倒な目にあわせたとは思うよ」

「引っ越しも多かったわよね。どうしてもっと先を見据《みす》えて、計画的に生きてくれないのって、親にむかって悪態ついて」

「健全な反抗期だ」

　エディはどこまでも穏やかだった。この会話ですら、一言一言を噛みしめて味わっている感じだった。

「いつかわかるって言っていたから、この歳になるまで期待してた。いつか目の前にいる人が全てになるような、何もかも捧《ささ》げたくなるような相手に、出会えるって――」

「ケイティー……」

「私はダメだったけど、だからこそパパのこと尊敬してる。あなたがすごく羨ましい」

母は目頭《めがしら》をおさえて涙をぬぐい、エディは立ち上がって、そんな彼女のことを抱きしめて慰《なぐさ》めた。いつかミカエラにしてくれたように。

二人に近づくきっかけがなかなかつかめず、ミカエラはランチのトレイを持ったまま、おずおずと声をかけた。

「……あの、お昼食べない？」

「まあ、ミカエラ。もしかしてあなたがこれを作ったの!?　キットじゃなくて？」

母はミカエラ製作のランチを見て、ひどく驚いていた。


それからミカエラも加わって、裏庭の木陰《こかげ》で昼食をとった。

今はめいめい空になった皿の上に、サンドイッチを留めていたピックと、オレンジの皮だけが寄せて置いてある。

「本当はね、ミカエラと一緒に、あなたも連れていけないかと思っていたの」

ミカエラは驚き、発言した母を見返した。彼女は期待に満ちた目で、エディの反応をうかがっている。

「どう。月《あっち》で一緒に暮らさない？　パパ」

思いがけない申し出だ。三人で暮らせるなら、確かに嬉しい。

けれどエディの答えは——申し訳なさそうな微苦笑で。

「私は……ここが好きなんだよ」

「そうね。きっとそう言うんだろうと思ったわ」

母も同じ顔で笑っていた。

＊＊＊

——澄んだ大気の空の下、太陽光に暖まった風を浴び、走り、転がり、オレンジを口いっぱい頬張った日のことを思い出す。

あれからミカエラは、母の旧姓ルイスを名乗り、月のサウスアボット基地州で高校までの時を過ごした。長期休暇になるたび、宇宙船に乗って地球へ降下し、フロリダの祖父のもとへ行くのも欠かさなかった。

宇宙船の技術者になりたいと言っていたオリバーは、奨学金で月の大学へ行った。

地球のフィラデルフィアで法律を学ぶことにしたミカエラとは、まさしく入れ違いになった形だが、お互い遠距離でのつきあいは慣れっこだ。今のところまだ彼氏《パートナー》の札は外れていない。

祖父は最期《さいご》まで若い外見を維持したまま、あの家で眠るように亡くなった。

キャプテンの葬儀があった、翌年の話だ。

不老ではあっても不死ではない。当たり前の話なのだが、いざ訃報《ふほう》を聞いた時は当惑した。そして、もう緑の指を持つ優しいあの人の作るものが食べられないのだと思ったら、無性に悲しかった。

実家や大学近くで手に入る、美しくくるいのないオレンジを見るたび、ミカエラは子供だった一時《ひととき》について思いを巡らせるのだ。

裏庭に作ったささやかな畑。皮が厚くて傷があっても、みずみずしくて最高においしかった完熟オレンジ。サンドイッチの間で主張するトマトの赤。飛んでいくパンチ型ロケットの軌道。

総じて言うなら——わたしの祖父は優しい人だった。幸福な幼年期だったと。

最後の日には
肉を食べたい

青木祐子

Aoki Yuko

わたしの前に肉がある。

世界が入った肉だ。

＊＊

わたしが孝明《たかあき》と知り合ったのは、今から半月ほど前になる。

その日、わたしはアルバイト先のステーキ店で、タルタルステーキを作っていた。

店の名前は『Last Meat《ラスト ミート》』――長いカウンターと、テーブルが三つしかない小さな店だ。オーナー兼シェフの郁美《いくみ》さんによれば、最後のときに食べたい肉、という意味をこめているらしい。わたしにとっては三軒目のアルバイト先なのだが、これまでいちばん相性がよくて、もう一年近く勤めている。

――あの男、さっきからミウを見ているね。

ルカが言った。集中しているときは話しかけるなと言っているのに。わたしは挽《ひ》き立ての生肉を包丁の背で叩きながら、知ってる人？　とルカに尋《たず》ねる。

――知らないなあ――だが、埋もれているだけかもしれない。視覚の記憶は俺よりもミウのほうが確かなはずだろ。

わたしは顔をあげてホールを眺めた。『Last Meat』の調理室はテーブルのあるホールよりも一段高くなっていて、仕切りがない。ホールから調理室が見えるし、こちらからも食事をしている客たちを見渡すことができる。

ルカが誘導しているのはガラス製の冷蔵庫の横にあるカウンターだ。ランチの時間なので、三人ほどのひとり客が料理を食べたり、注文を待ったりしている。『Last Meat』は小さいが肉好きには知られている人気店なのである。

わたしの視線がカウンターを通り過ぎたとき、ルカはひとりの男性客の上で、白い光をまたたかせた。ブルーグレーのジャケットを着た、特徴のない男だ。見覚えはない。この店は毎日のようにランチに来る男性客もいるのだが、常連の客ではないようだ。彼はわたしと目があうと、慌《あわ》てたように目をそらした。

知らない人よ。無視していい？　わたしはルカに言った。ルカは答えない。いつもそうだ。わからないときは無視をするのだ。言語化するのが面倒なのかもしれない。

「――美宇《みう》ちゃん、タルタルミートできた？」

ルカはときどきおせっかいだ。だとしたら余計なことを言わないでもらいたいものだ、などと考えていたら、郁美さんが声をかけてきた。

「できました、これから成形です」

「だったらそれ、わたしがやるから。これ運んでくれる。カウンターの四番」

郁美さんは言った。わたしはエプロンを付け替えて、郁美さんが焼いたばかりの肉の皿をカウンターへ運ぶ。

わたしの本来の仕事はウエイトレスである。しかし郁美さんはどういうわけかわたしを気に入って、この店に入ったときから厨房《ちゅうぼう》に入らせた。わたしは肉の扱いに関してはそれなりに自信はあるし、今ではすっかり信用されているようだ。

四番に座っているのはさきほどルカが指摘した男だった。そうだろうと思った。ルカはときどき予知のようなことをする。

「お待たせしました」

わたしはじゅうじゅうと音を立てているアイアンプレートをカウンターに置いた。

この店の特徴はとにかく肉がジューシーなことだ。彼がわたしを見ていたのかどうかは別として、ランチに三〇〇グラムのステーキを食べるとは、健啖家《けんたんか》であることは間違いない。

「――村瀬《むらせ》美宇さん、ですよね。僕のことを覚えていますか」

酔うような肉の香りと、それを食べる男に胸をときめかせていたら、思い切ったように彼が口を開いた。

わたしは我に返り、彼の顔の記憶を探った。心あたりはない。

彼は＊＊なの？　とルカに尋ねてみる。違うと思う――とルカが答える。ルカにしてははっきりしない答え方だ。

「そうですよね、覚えているわけないですよね」

わたしとルカの間に割り込むように、彼は言った。

隣の椅子《いす》に置いてあったビジネスバッグを持ち上げ、ポケットからスマホと名刺入れを取り出す。スマホを操作すると、社員証らしき画面になった。わたしでも知っている大手電機メーカーの名前と、佐野《さの》孝明という名前、目の前の男の顔写真がある。

「佐野孝明といいます。以前、――って焼き肉店で働かれていましたよね。何回かランチに通って名前を覚えちゃったんだけど、声をかける勇気がなくて。こんなところでお会いできるとは思いませんでした」

「お肉がお好きなんですか」

わたしは尋ねた。

そういえば去年まで働いていたチェーン店の焼き肉店では、胸に名札をつけるのが決まりだった。肉の質が良いという評判だったが勤めはじめたらそうでもなかった。客として来た郁美さんにうちで働いてみないかと誘われて、ルカと相談し、一年も経《た》たずに店を替えた。

「はい。食べ歩きが趣味です」

孝明は笑った。わたしが返事をしたのが嬉《うれ》しかったようだ。笑顔は悪くない。孝明は名刺を一枚抜き取り、そろそろとわたしに差し出した。

「よければ連絡もらえませんか。怪しいと思ったら会社に確認してかまわないので。前の店で見て、可愛《かわい》いなって思っていたんです。ダメなら諦《あきら》めますから。突然すみません」

孝明の顔は真剣だった。

「——はい」

若い女性として、誘われるだけなら慣れていないこともない。といってもルカ以上に親しくなれる人間などこれまでに誰もいなかったが。

ルカの意見を聞きたかったが、何も言わなかった。オーブンの前にいる郁美さんがちらちらと視線を送ってくる。わたしは孝明から名刺を受け取り、エプロンのポケットに入れた。

ねえ、これ受けていいと思う？　少し離れたテーブル客の、空になった皿を下げながらわたしはルカに尋ねる。悪い人じゃなさそう。お肉が好きそうだから、いいお店に連れていってくれるかも。ルカも、仲間と出会えるかもよ。

——ミウはタカアキに好意を持っている。声をかけられて嬉しかったんだろう。俺が言えるのはそれだけだ。

ルカが言った。

ルカはわたしよりも先にわたしの感情を知ることができる。言語化した思考以外は見るなと言っているのに。

腹立たしさを隠して、わたしはルカに言う。

もしかしたら、孝明さんの中に＊＊がいるかもしれないよ。なんだか変な感じがしたの。もしかしたらあの人、ルカがいるから声をかけてきたんじゃないの。＊＊は、離れていてもお互いにわかるんでしょう。二回会ったのも偶然じゃないのかも。

——いないね。

ルカはきっぱりと答えた。きっぱりと——こういうときわたしは本当に、胸のあたりにかすかな痛みを感じる。ルカの拒否は鋭くて痛い。

——タカアキの意識は真っ暗でがらんとしている。あんな場所に＊＊はいない。もっとも、ミウみたいに居心地のいい意識はめったにないわけだが。

タカアキ、と発するとき、わたしの体は一瞬熱くなった。不快ではない。ルカはこの感覚を「タカアキ」とすると決めたようだ。

孝明は＊＊の寄生主ではないのか。わたしはがっかりする。孝明はわたしに一目惚《ぼ》れしたようだった。あれだけ強く誘ってくるからには、孝明も＊＊を飼っていて、わたしの中にいるルカと引き合ったのかと思ったのだ。

自分の中に＊＊がいることに気づかない寄生主は多いらしい。むしろ、わたしのように自在に話せるほうが珍しいのだ。＊＊は慎重に寄生主を選ぶ。相手と話さないでいるうちに、＊＊自体が眠ってしまうこともあるらしい。

ルカは仲間を切望している。だからこそわたしを、肉を扱う場所に置かせるのだ。＊＊は栄養を必要としない生物のはずなのに、なぜか肉が好きである。

郷愁ってやつだよ――と、ルカが言ったことがある。ルカは少し寂しそうだった。そのときにわたしの心にも風が吹き、寒くて懐かしくて泣き出しそうになった。

――ミウは、タカアキが寄生主であったらいいと思っている。俺のことを打ち明けて意気投合し、仲良くなりたいんだろう。

ルカは孝明を好きではないようだった。最初のデートの帰り道で、早くもわたしに説教してくる。ルカの意志が苦い。わたしにとっては意外だ。ルカはわたしに関わる人間をジャッジするが、どうでもいい人間なら無関心なはずだからだ。

孝明との最初のデートはカジュアルなフランス料理店だった。ウサギのテリーヌと骨つきラムチョップにわたしは浮かれた。

孝明とわたしは卒業した大学が同じで、肉を食べながらすっかり意気投合した。ついでに高校のときにあるスポーツで上位だったことを話すと孝明は驚き、そんなに優秀だったのに、美宇ちゃんはどうしてウエイトレスのアルバイトをしているの？　とためらいがちに聞いてきた。

ルカがいるからだ。ルカの仲間を探すためだ。

話してもいい？　とルカに聞くと、ルカは別にかまわないが、これまでと同じことになると思うよと答えた。つまり、信用されない。妙な目で見られ、病院へ行けと言われる。

孝明はそんなことは言わないと思う。もしかしたら孝明の中にも＊＊がいるかもしれない。なんとなく感じる——ルカが＊＊のことをわかるように、もしかしたら寄生主同士でもわかるものがあるのかもしれない。

ルカに言うと、ルカはわたしを否定した。

——違うね。言っただろう。タカアキの中に＊＊はいない。彼の意識は狭くて硬いがらんどうだ。＊＊なら誰も中に入りたいとは思うまいよ。何より、俺は目の前の人間に＊＊が住んでいれば、すぐにわかる。たとえひっそりと意識の奥で眠っていたとしてもだ。

ルカはいつもこうだ。わたしの意見など聞こうともしない。それだけがわたしの不満である。

ルカと話しながら、わたしはいつものことを思う。ルカは、どうしてわたしを選んだんだろう——と。そして、いつものようにルカに遮《さえぎ》られる。

——ミウの意識が居心地がいいからだよ。何回も言っているだろう。

こういうとき、わたしはルカを強引な男のようだと思う。＊＊には性別も恋愛感情もないはずだが、たまに独占欲のようなものを感じることがある。

ルカは自分の種族——＊＊について話すとき、言語の代わりにむずがゆい感覚を送ってくる。少し痺《しび》れて力がみなぎり、満たされたくて欲しくて、焦るような気持ちになる。何かの衝動、食欲に近い。快感といってもいいかもしれない。

ルカに名前がついているのだから、＊＊もわかりやすく言語化してくれと言ったこともあるのだが、ルカは＊＊だけは勝手に変えられないと言って名前をつけてくれない。ルカにとって言語でのやりとりは、たくさんある情報交換手段のひとつにすぎないのだ。

ルカが最初にわたしに話しかけてきたとき——わたしはまだ子どもだったが——ルカに、話し方のタイプをいくつか示された。よくわからないまま、このタイプを選んだのはわたしだ。

タイプ2を（実際は数字ではなくて、いくつかの感覚を体験させられたわけだが）選んでいれば、ルカは、ミウの意識は居心地良くて好きなのよ。何回も言っているでしょう？というような口調で喋《しゃべ》っていたことだろう。

意識の住み心地がいい、という意味がわからないのだが、ルカによると、わたしの中は、きちんと片付いたホテルの部屋のような感じらしい。

ルカがわたしに移動して、棲《す》みはじめてから二十年。わたしはルカとともに生きている。

「――それってつまり、イマジナリーフレンドってやつ？」

二回目のデートで、孝明にルカについて話してみることにした。

深い意味はない。二回デートをすれば付き合っているということになるのだろうし、孝明ならなんと言うのかと興味があっただけだ。

わたしは仔《こ》牛のレバーカツレツ、孝明はビーフシチューを頼んだ。孝明がナイフで肉に切れ目を入れ、わたしは断面を見て胸を高鳴らせる。ブラウンソースが赤身にからまって、孝明の中に消えていく。わたしは肉の断面が大好きである。肉が体内に取り込まれ、消えていくという神秘に心を奪われる。

――視覚的なものを好きだと思う感覚が俺にはわからないのだが。

ルカが不思議そうに言っている。

ルカには美しいという概念がない。仕方がないので、これは美しい、これはそうではないと懇切《こんせつ》丁寧に教えている。美しいとは美味《おい》しいと似ていると言ったらやっと納得した。

孝明は美しいのかと聞かれたので、まあまあだと答えた。

「イマジナリーフレンドとは違うよ。ルカは想像の産物じゃないから」

わたしは言った。

イマジナリーフレンド、イマジナリーコンパニオン。心の中の友達という言葉はこれまでに何回も聞いたし、わたしも調べた。そういうことにしておけば楽だということも知っている。しかし孝明にはルカのことを言ってみたくなった。

「美宇ちゃんは、ときどきひとりで考え込むよね。誰かの声を聞いているように見えるんだけど」

「聞いているよ。違うのは、ルカが実在してるってこと」

レバーカツを食べながらわたしは言った。香ばしいが少し揚げすぎていて、レバーの独特の味わいが消えてしまっているのが不満だ。レバーはルカが好む肉のひとつである。

「ルカは脳の海馬《かいば》に棲んでいるの。そういう種族なんだよね。人間に寄生して生きてるの。もうずいぶん減ってるけど、それでも数十体はいるはずってルカは言ってた。全世界で」

孝明はかすかに眉をひそめてわたしを見つめている。

わたしはほっとした。ねえ、孝明は否定しなかったでしょう？　とルカに話しかけてみる。ルカは返事をしない。勝手に＊＊について話したので、怒っているのかもしれない。

「――ほかにも、ルカと同じ種族を飼っている人間がいるわけだね」

「うん。ある程度の脳があるなら人間じゃなくてもいいけど、人間がいちばん住み心地がいいんだって。寄生主に言語がないと、彼ら自身の意識も消えてしまうから。思考できなくなるというか。わたし以外にもどこかにいるはずなんだけど、なかなか出会えなくて。ルカはずっと仲間を探しているんだよ」
＊＊を言葉で言えないのがもどかしい。わたしは最後のレバーカツを食べ、付け合わせのポテトサラダと人参《にんじん》を食べた。口の中がさっぱりするが、レバーの風味が消えてしまうのが惜しい。孝明はふうん、とつぶやき、最後のビーフシチューを口に運んでいる。
わたしが孝明と二回目のデートをしてみようと思ったのは、ルカの反応が気にかかったのと、孝明が選んだ店がどれも美味しそうだったからだ。ここはビーフシチューが有名な洋食店だ。この店の厨房には、誇らしげにピンク色の生ハムの塊《かたまり》がぶら下がっている。

テーブルにコーヒーが置かれ、食べ終わった皿が下げられる。わたしはやはりポテトサラダより生ハムにすればよかったと思いながらコーヒーにミルクと砂糖を入れた。

「どうやって探すの？　つまり――その仲間を飼っている寄生主は、どこにいるんだろう。美宇ちゃんのルカ以外で」

「どこにいるのかはわからないのよ。最初の数十体が世界でバラバラになっちゃったし、寄生する先の運もあるから。確かなのは、彼らはお肉が好きだってこと。だから、わたしはお肉を扱うところにいるの。好きっていうより、必要なんだって」

「何に必要なの？」

「生殖するのに。だから寄生主もお肉が好きになって、そういう場所に集まってくる」

「生殖？」

孝明は一瞬、手を止めた。

かすかに目を細めてコーヒーにミルクを入れる。わたしはうなずいた。

「彼らはとても長生きだけど、いつか死ぬ。それまでになんとかして生殖しなきゃならないの。さもないと絶滅してしまう。特にルカは第一期――ずいぶん長く生きたほうで、その種族の中ではリーダーだから、必死になってるんだよね。生殖するには一体じゃダメで、もう一体の仲間の助けが必要だから。なんとかして、生殖できる一体と出会わないと」

「そこは人間と同じなんだな」

「うん、性別はないけどね」

「ルカって、いつから美宇ちゃんの中にいるの？」

「小学校のときからかな」

「子どものときからの友達、って感じ？」

「だから、友達じゃないんだって」

「友達でもないなら、ルカがいることで美宇ちゃんにどんなメリットがあるの」

孝明が興味を持ってくれたのは嬉しかったが、わたしはうまく言えなかった。＊＊は＊＊なのだ。＊＊のことを思うと体が軽く痺れ、食欲に近い感覚が体を突き動かす。ああ気持ちいい、もっとこれが欲しいとわたしは思う。＊＊を味わい、体の中に入れたい。＊＊はとても美味しい。

「わたしはルカを棲まわせてあげるかわりに、カンニングさせてもらう。カンニングとドーピング。最初から、そういう関係なんだよ」

わたしは言った。こんなことを他人に話すのは初めてである。ルカが止めるかと思ったが、止めなかった。

「カンニングとドーピング？」

「悪い意味じゃないんだけど、言語にすると、それがいちばんあてはまるってことになった。ルカは脳に常在してるから、試験の最中に何でも教えてくれる。だからわたしは勉強できるの。小学校のときから成績はずっと良かったよ。普段はトロいのに、なんで試験になるとできるんだって言われてた。

あと、運動神経もいい——っていうか、運動能力を高めることができる。その気になればすごい研究もできるだろうし、オリンピックだって出られるけど、能力が高すぎると怪しまれるから、本来の能力を少し上回るまでにしてる。それがわたしにとってのメリットかな。友達っていうより契約関係だよね。ルカには感謝してるよ。おかげで大学行けたし」

わたしは温かいコーヒーを飲みながら、ルカと初めて会ったときを思い出す。

——信じられないかもしれないが、俺は宇宙から来た。

——ミウに会うまで、たくさんの寄生主を経由してきたよ。それはもうひどい人間も、動物もね。移動は今回で最後かもしれない。ミウの意識はとても居心地がいい。思っていた通りだ。ここに、俺を住まわせてくれないか？

ルカと会ったのは、家族で入った焼き肉店だった。

わたしの七歳の誕生日だった。注文の品が半分くらい来たところで、店員がにこにこしながら新しい皿を置いた。お嬢さんのお誕生日なんですよね。とても元気で、たくさん食べてくれて気持ちいいので、店長からのサービスです。

牛肉のユッケだった。わたしはそれを食べた。何かを吸い込むような感じがして、わたしの中にルカが入ってきた。

＊＊は肉を媒介《ばいかい》にして移動する。これはあとから知ったことだ。いくつかのやり方があるが、いちばん確実らしい。新鮮な生肉にいったん移り、それを人間が食べることで、彼らは移動する——寄生主を替えることができる。

移動は消耗するし、危険があるから何回もできるものではないが、それでも移りたい、棲みたいと思うほどに、わたしの意識は魅力的だったらしい。きちんと整頓《せいとん》されたホテルの部屋のように。

——ダメだというのなら仕方がない、ほかの人を探して出て行くよ。その場合、ミウに肉を用意してもらうことになる。ほかの人に食べてもらうための、新鮮な生の肉を。

わたしはルカに出て行ってもらいたくなかった。ルカはわたしに、自分が棲む代わりにできることを提示した。カンニングとドーピング。別のこともできるが、失敗したことがあるからやらない。本来の能力を大きく超えさせないというのはルカの主義だ。

わたしは了解し、それ以来、わたしは無敵になった。何があってもルカに相談できるし、ルカの力を借りればなんでもできる。わたしの意識が、ルカが住みたいと思う場所でよかった。

「——僕は、美宇ちゃんは自己評価が低すぎると思うんだよね」

そして、ルカががらんどうだと言った男が、目の前で喋っている。

孝明は伝票を取ると席を立った。わたしが財布を出す前にさっさと会計をし、店を出て行く。少しだけ荒っぽくなっているようにも見えた。

「美宇ちゃんは気づいてないけど。そんなやつの力なんて借りなくても、その気になればいろんなことができると思う。正直に言って、飲食店のアルバイトなんてもったいないと思う」

「うん、わたしはなんでもできる。ルカがいるから。でも言ったでしょ、本来の能力からして、高すぎるものを得るのは」

「ルカの話はいいよ。僕が知りたいのは美宇ちゃんのことだ」

孝明はわたしの言葉を遮った。

わたしと孝明はふたりで歩いていた。穴場の店でビーフシチューを食べるために、わざわざ郊外に来たのだ。あたりには誰もいない。

孝明が手をのばし、そっと手をつないでくる。ルカ――ねえルカ、これはどういうこと。わたしはルカに相談するが、返事がないので戸惑った。これまでになかったことだ。この局面で、どうしてルカはわたしに指示してくれないのだ。

「美宇、好きだよ」

孝明がわたしを抱き寄せた。

ああこういうことかとわたしは思う。

粘膜《ねんまく》の接触――これをするのは初めてだけど、いつかこういうときが来ると思っていた。

寄生主を替える――移動するには、肉が必要だ。しかしほかにもいくつかの手段はある。

ルカはそうわたしに言った。もうひとつは粘膜の接触をすることだ。食べられることほど確実ではないが、寄生主同士が同調している状態なら、リンパの流れに乗れば相手の中に入ることができる。いつか、ミウに誰かと粘膜の接触を頼むことがあるかもしれない。

孝明はどうしてこのことを知っているのだろう。わたしは不思議に思いながら孝明とキスをする。唇と舌を介して、孝明の中にルカの一部を送り込もうとする。ルカがおののいているのを感じる。きっと、孝明の意識ががらんどうだからだ。口の中がざらりと苦くなる。ルカは驚き、何かがうまくいかなくて焦っている。

――ミウ、やめろ。もういい。

そして突然、わたしはルカに止められる。わたしはびっくりして唇を離す。孝明は戸惑ったようにわたしを見て、少し気まずそうに、ごめんと言った。

ルカ。

わたしはルカに話しかけている。

ルカからの返事はない。孝明との粘膜の接触――キスをしてからというもの、ずっとそうだ。

孝明にルカのことをかなり喋ってしまったので拗《す》ねているのかと思ったが、それにしては妙だ。だったら喋っている間に止めればいいのである。ルカはあのとき、一回も口を挟んでこなかった。わたしがこんな説明でいい？　と何回も尋ねていたのにもかかわらずだ。

わたしは『Last Meat』の厨房に立ち、ミンサーで注意深く肉を挽く。

孝明からは連絡が来ていた。先日は楽しかった、いきなり驚かせて悪かったということ、正式に付き合ってほしいということ。以前に焼き肉店で会ったときからわたしが好きで、『Last Meat』で見かけたときはびっくりした、運命だと思ったと書いてあった。

わたしはどう返事をするべきか。孝明と交際してもいいのか。ルカに尋ねているのに答えてくれない。

ルカが教えてくれなければ、わたしは思考できない。わたしの意識は住人のいないからっぽの部屋だ。

ミンサーが大量の挽肉《ひきにく》を吐き出していた。わたしは機械を止め、ボウルの中で肉を捏《こ》ねはじめる。牛肉百パーセントのハンバーグは『Last Meat』の名物である。

「美宇ちゃん、どうした？　なんだか振られたような顔をしているけど」

一心不乱に肉を捏ねていたら、郁美さんが声をかけてきた。

「あ、はい。大丈夫です」

「もしかしたら、中の人のこと？」

わたしははっとして郁美さんを見た。郁美さんはうかがうような、不思議な目をしている。


そういうことだったのか――。

郁美さんの中にも＊＊がいたのか。

郁美さんは三十代の既婚女性である。わたしが前の焼き肉店でアルバイトをしていたときに家族で来て、うちに来ないかと誘ったのが郁美さんだ。

ほかにもアルバイトをしている人はたくさんいたのに、どうしてわたしに声をかけてきたのだろうと思っていた。あなた、新鮮なお肉が好きでしょう？　と言われたときにどぎまぎした。この人はひょっとしたら、ルカのことを知っているのではないかと思ったほどだ。

その通りだった。郁美さんは最初からわたしを厨房に入らせ、肉を選ばせた。わたしが――わたしの中のルカが肉が好きで、喜ぶことを知っていたのだ。

——郁美さんの中にも＊＊がいるの？

わたしはルカに尋ねる。——いない。ルカはそっけなく答える。いたのなら、もっと早く会えていればよかった。とはいっても、イクミの中にいた＊＊に生殖能力があったかどうかはわからないが。

そうだとしたらわたしにしても初めての仲間だ。今は郁美さんが寄生主ではないにしても。イマジナリーフレンドという言葉は聞き飽きた。

「——います。郁美さん、なんで知っているんですか」

わたしが言うと、郁美さんはふーっと息を吐き出した。

「わたしにも以前はいた。追い出したけど。最初に会ったときから、美宇ちゃんの中にもいるのかもしれないって思ったんだよね。ときどき話してるでしょ。わたしにはわかるの」

郁美さんはあっさりと答えた。

「奴ら、たまに返事しなくなるよね。こっちが必要なときに限って。奴がいたからこのお店を開けたし、結婚もできて便利だったけど。結婚したら出ていってほしくなったの。今になると、なんであんなに奴のいうことを聞いてたんだろうって思う」

郁美さんは＊＊を、奴ら、奴、という言い方をするらしい。

「出ていってほしくなったんですか」

わたしは尋ねた。

＊＊に出ていってほしいというのは不思議だった。わたしは二十年間、ルカとともに生きてきた。いない世界が想像つかない。ルカがいなければわたしは誰に相談し、誰がわたしの思考や行動を決めてくれるというのだ。

郁美さんは大きなコンベクションオーブンをのぞき込んでいる。火を止め、大きな鍋つかみをつけて、ローストビーフを引っ張り出す。

「そう。奴も、わたしが言うことを聞かなくなったことに気づいていたんだろうね。だったら次の人に移動させてくれっていうから、いちばん良さそうなお客さんに譲った。こうやって、肉の皿を出して、サービスですって言って。せいせいしたよね」

「どうしてですか？　いたほうが楽だと思うけど。いろいろ教えてくれるし、なんでもできるようになるし」

「妊娠したから」

郁美さんは言った。ローストビーフを出し、端だけを肉切りナイフで切る。外はこんがりと焼けているが、中はほんのりと火が通っている。今はお客さんはいない。これは冷まして、サラダにして出すべく冷蔵庫に入れる。

「奴は、肉と粘膜を介して移動するでしょ。出産するときに、わたしから子どもに移動するかもしれないと思ったら怖くなった。子どもの意識は居心地がいいらしいの。きっと余計なことを考えないからね。奴が移動したお客さんも子どもだった。奴が移った肉をローストビーフにして出したんだけど。あの子が食べてくれて、ほっとしたわ」

「それから、その——奴はどうなったんですか」

「知らない。どこかへ行ったわ。今でもあの子の中で生きてるんじゃないかな。わたしは奴らが増えようが消えようがどうでもいいんだけど。

奴って、お肉のよしあしを見抜く目だけはあるんだよね。いなくなったら店がうまくいくか不安だったけど、美宇ちゃんが来てくれて助かったわ。でも、追い出したくなったのなら協力するから」

わたしのときはユッケだった。わたしは誕生日のお祝いで、家族で焼き肉店に行った。あのときの店長が、これをお嬢さんにと言って、わたしの前にサービスの皿を置いたのだ。

そういえばわたしにも家族がいたのだ、と思い出した。

あの店はどこにあったのだろうか。わたしの家族は今、今どこにいるのか?

思い出そうとしたが出てこない。

——ミウ
ハンバーグを捏ねながら、珍しく真剣に考えていたら、ルカから言葉がかかった。

なんなのよ、とわたしは言う。肝心なときに相談に乗ってくれなかったくせに。考えているところなんだから、邪魔しないで。

――ずっと考えていたんだ。決断するのに時間がかかった。

――タカアキに会ってほしい。俺はタカアキに移動する。

ルカは言った。

わたしは手を止める。どうして？　と尋ねたが、返事を聞く前にお客さんが店に入ってきて、聞き損ねてしまった。

――タカアキの中には、繁殖能力のある＊＊が眠っている。

――タカアキは、そのことに気づいていない。

「――だからさ、ルカっていうのは、美宇ちゃんのイマジナリーフレンドなんだよ」

孝明が言っている。

最後の料理は仔牛のコンフィにすることにした。郁美さんから新鮮な仔牛のハラミ肉を分けてもらい、わたしは自分の部屋、マンションの一室で料理をしている。

本当は生肉がいいのだが、家で出すにはユッケだのタルタルステーキだのは向いていない。

肉は昨日のうちに筋を切り、塩を振ってオリーブオイルに漬けこんであった。わたしはタッパーから肉を取り出し、注意深くカットする。新しいオリーブオイルとともにオーブンに入れ、赤みが消えないようにゆっくりと温める。

「その言葉は知ってる。昔からみんなに言われてきたし、自分でも考えたよ」

「でも、やっぱり宇宙人なんだ。そこは譲れないの」

「半分くらい、そうなのかなと思ったこともあったけど」

――その話はやめとけ、ミウ。刺激しないほうがいい。

――俺が入ったらすぐにわかることだ。

ルカが言った。郁美さん――『Last Meat』のオーナーも少し前まで寄生主だったんだよ、と言おうとしたのに。

孝明はわたしのマンションに入ったときから饒舌《じょうぜつ》だった。部屋がホテルのように片付いていると喜び、キッチンに大きなオーブンレンジがあることに驚いていた。今はテーブルの前で、どこか有名な店で買ってきたらしいバゲットを切り、鴨《かも》肉のサラダを並べている。わたしがオーブンを開けて肉を取り出すと、目を輝かせた。

可愛い人だなとわたしは思う。食いしん坊だが卑《いや》しくない。最初から印象は悪くなかった。ルカがいなかったら、わたしは彼を好きになったかもしれない。

「シーザーサラダのほうがよかったかな」デパ地下を回ったけど、鴨肉がいちばん美味しそうだったから。

孝明は言った。これだけ肉が好きなのは、孝明が寄生主だからなのか。孝明の中の＊＊は、なぜ孝明と話そうとしなかったのだろう。ルカの言う通り、孝明の意識の住み心地が悪いからか。それとも、孝明の＊＊が生殖可能であることと関係があるのか。

――それは関係がある。生殖可能な＊＊は若い。意識が強い人間とは共存できない。話しているうちに負けてしまうことがある。だから思考せずに意識の底で眠っている。俺が気づかないほどに深く。

――俺は、タカアキの中に入り、＊＊を起こし、生殖しなければならない。

負けるとどうなるの、と聞いたが、ルカは答えてくれなかった。

わたしが知っているのは、ルカがこれから孝明の中に入るということ。孝明の中にいる＊＊と触れあって、生殖するということだ。＊＊が生殖に成功したら、＊＊はこれから繁殖していくことになる。

孝明の中の＊＊は眠っているので、粘膜の接触では移動できない。ルカが入った肉を孝明に食べさせるしかない。

わたしにはわからなかった。実際のところ、このあたりは何を聞いてもぼんやりとしてしまうのだ。

「あとは焼くだけだから、向こうで休んでいて」

「僕も手伝うよ」

「ダメ。最後の仕上げはひとりでやりたいの」

わたしは言った。

孝明がキッチンからいなくなると、わたしはフライパンを火にかけた。オリーブオイルを温め、オーブンから出したばかりの肉を注意深く焼く。表面に焼き色をつけたら、色が変わらないうちに皿に並べ、かたわらに緑色のパセリを置く。赤ワインとビネガーで作ったソースをゆっくりと回しかけると、できあがりだ。

できあがったコンフィの皿は美味しそうだった。これを美しいということはわかる？とルカに話しかけてみる。――わかるよ。ルカは答える。だから早くしてくれ。

ルカはじんわりと甘い快感を送ってくる。ありがとう――と言っているようにも感じる。今は移動に向けて集中していて、意志を言語化するために力を使いたくないのだろう。

わたしにできるのは、ルカを孝明に移動させることだけだ。

わたしはパセリを切ったペティナイフを取り出し、わたしの左手の指に傷をつける。人差し指だと痛そうなので、薬指にした。ぷつ、とナイフの尖《とが》った部分が指の腹を裂くと、赤い球のような血液がみるみるうちに大きくなる。

——早くしろ、ミウ。

ルカが急《せ》かした。

わたしは左手の薬指を、コンフィのいちばん大きな肉に押しつけた。

わたしの血液が、肉に染み渡っていく。ルカがわたしの頭から左腕、左手の薬指に移り、それから肉に移動していく。

これがいちばん確かなやり方だと郁美さんは言った。ほかにもやり方はあると思うけど——もっと濃厚な粘膜の接触とか。妊娠したあとで胎児に移動するとかね——肉に移動させて、それを食べるのがいちばん確実に、相手の体内に入れる。あなたから肉へ。肉から移動先の相手へ、奴は移っていくの。

ルカの感覚がなくなったとき、わたしの体はふわりと浮かぶような感覚に包まれた。さよなら、とルカが言った。貧血を起こして倒れそうになる寸前、眠りに落ちる数秒前の感覚に似ている。

そしてすぐに、たたきつけられるような痛みがわたしを引き裂く。わたしは自分の重みに驚き、驚いて指を離す。

──ルカ。

わたしはそろそろと、ルカに話しかけた。

ルカは答えなかった。いない。わたしの中のどこにも、ルカの存在はなかった。

わたしは呆然《ぼうぜん》と目を見開き、目の前の肉の皿を見つめた。

＊　＊

わたしの前に肉がある。

世界が入った肉だ。

わたしは自分の部屋のキッチンに立ち尽くし、作りたての肉料理の皿を見つめている。

仔牛のハラミ肉のコンフィ。ワインソースがけ、パセリ添え。最後の仕上げはもう済ませた。

この小さな肉の中に、ルカが入っている。

ルカ──謎の宇宙生物。意識に棲まう生命体。わたしに寄生していた契約相手で、二十年も一緒だった大事な話し相手が、一皿の肉料理になって、テーブルに載っている。

この肉を捨てたらどうなるのだろうと考えた。ルカは死ぬ。死んだ肉の中に入って生きていられる時間はわずかだ。だから移動はとても危険なことなのだ。

奴らと郁美さんは言った。ほかにもあらわす何かがあったと思うのだが、思い出せない。やけに美味しかった、かみしめるほど味の出る何かだったような気がするだけだ。

奴らは、なんのために人間に寄生しているのだろう？

体が重かった。指一本を動かすのがおっくうである。考えないほうが楽なような気がする——しかし、考えなければならないと思う。意識の底で遮っていたものが取り払われたようだ。

わたしの家族、両親と姉、おばあちゃん——最後に会ったのは大学の卒業式だった。友達もいた。ルカのことを信じてくれた人もいたし、好きな人も、嫌いな人もいた。

なぜわたしはこれまで忘れていたのか。会いたいと思わなかったのか。

ルカは本当に存在したのだろうか。ひょっとしたら彼はわたしの想像の産物で、すべてはわたしの思い込みだったのではないか？

「美宇ちゃん、できた？」

わたしが皿を見つめていると、うしろから声がかかった。

「あ——うん」

「あれ。手、切った？」

「うん。大丈夫、ちょっとだけだから」

「珍しいね。美宇ちゃんはなんでも手際がいいから、怪我《けが》とかないんだって思ってた」

孝明が皿をとりあげ、テーブルに持って行く。ルカが入った方の皿を自分の側へ置く。

テーブルの準備は完全に整っていた。鴨肉のサラダ、ワイン、バゲット、パンプキンのポタージュ。孝明は乾杯と言ってワインに口をつけ、ナイフとフォークを手にする。

「――あ、待って」

彼がコンフィに手をつける寸前に、わたしは言った。

「何か?」

わたしは口ごもった。

「――ううん、なんでもないの」

「よかった。また、ルカが止めたのかと思っちゃったよ。僕はルカに好かれてないみたいだからなあ」

孝明は朗《ほが》らかに笑った。優雅に肉にフォークを刺し、食べる。肉が体内に入っていき、孝明の一部になる。

わたしもワインを飲み、肉を食べた。手をかけて作ったコンフィはとても美味しかったが、数枚食べたら十分である。もともとわたしはそんなに食べるほうではなかったのだ。

七歳のときにあの焼き肉店に行ったのは、小食だったわたしになんとか肉を食べさせようという優しい両親の配慮だった。わたしの家族は今どこにいるのだ。会いたい。

そして、孝明がことりとナイフとフォークを置く。かすかに目をすがめ、不思議そうな顔になる。

「生まれた」

と、孝明は言った。

「――生まれたの」

「ああ。ミウのおかげだ」

目の前にいるのは孝明――いや、ルカだった。

孝明の肉体がすばやく立ち上がり、わたしを抱き寄せてキスをする。粘膜が濃厚に接触し、絡み合う。オリーブオイルとワインの香り、慣れ親しんだ快感――肉の味とともに、＊＊がわたしの中に入ってくる。

――よろしくね、ミウ。

新しい＊＊が言った。

ルカの子である。ルカの子が、孝明の中で繁殖し、わたしに戻ってきた。

そしてわたしも新しく生まれる。慣れ親しんだ体の軽さ。わたしの意志と行動は、すべてこの子が決めてくれる。

わたしは安心した。わたしはこれから繁殖する。この子とともに、世界を食べてやろうと決めた。

妖精人は
ピクニックの夢を見る

辻村七子

Tsujimura Nanako

「磐土《いわつち》さん、資料転送しておきますね」

「ありがとうございます、林《はやし》さん」

私の名前は磐土仁《じん》。三十二歳の会社員だ。家族構成は妻と、小学一年生の娘の三人。太っても痩《や》せてもいない、身長百七十センチの平均的日本人男性である。植物バイオテック会社の経営補佐部門に勤めて六年。土や植物に直接触れることはあまりなく、開発元となる植物の種子の仕入れや、値段交渉に携《たずさ》わっている。営業担当者が辞めて以来、ここしばらくは一人で仕事をしている。

隣部署から転送してもらった資料を、据《す》え付けのディスプレイで確認し、コーヒーを飲みながらスクロールしているうち、私は奇妙な痺《しび》れを感じた。背中のあたりがピキッといった気がする。肩こりだろうか？　ちょっと違うような気がする。どちらかというと肉離れに近い。歳《とし》は取りたくないものだ。

ちょっとストレッチをしようかな、と椅子《いす》から立ち上がったところ。

私の体はバターンという音を立てて倒れた。

え？　これは？　どういうことだろう。全身に力が入らない。業務用冷凍庫にあるカチコチの巨大種子になってしまったようだ。はずみでひっかけたコーヒーマグがデスクから落ち、私の足元に落ちて割れる。コーヒーはぬるい。皮膚《ひふ》感覚でわかる。しかし足は動かない。

「どうしたんですか、磐土さん……磐土さん！」

ありがたいことに音を聞きつけて、林さんがのんびり顔を出し、そして絶叫して救急車を呼んだ。凍り付いた状態のまま私の体は担架に載せられ、ピーポーピーポーといずこかへと搬送されていった。

かくして私の隔離生活が始まったのである。


『パパー、本当にもう、ちゃんと体うごくの？』

「大丈夫だよ、ほたる。元気だ。でも検査で陽性が出てね。七日間はここから外に出ちゃいけないって言われているんだよ。でも見てごらん。パパは元気で、笑ってるよ！　ニコニコー！　ニコニコニコー！」

『変顔ウケる。やべーやつじゃん。別に家にパパがいなくてもいいし。ネットが繋《つな》がってれば、いつもとそんなに変わらないし』

とは言いつつも、回線の向こうにいる娘は寂しそうである。父親としては切ないながらも、少し嬉《うれ》しい。

ＶＲゴーグルをかけた私は、娘のほたると妻の香苗《かなえ》と三人で食事をとっている。食べているのはもちろん、わが社が誇る特別栄養植物をもとにしたオートミールである。味は、その、まあまあというか、なんだ、そんな感じである。

そもそも前世紀に始まった、病と戦争のコンボがまずかった。

まず世界中で感染性の高い病が爆発的に流行し、病でズタボロになった経済情勢や社会不安の影響で戦争が頻発《ひんぱつ》した。東西南北、常にどこかの国が戦争中だ。結果的に世界中で国土が荒れ果て、駄目押しに環境変動、全世界の食料生産量は下降の一途である。飢《う》えで人が死ぬ時代が目前に迫ってきた。

そこで各国政府は予算を捻出《ねんしゅつ》し、科学者たちに考えさせた。いわゆるオペレーションＦである。Ｆは言わずもがな、食べ物《フード》のＦだ。世界中のあらゆるラボで、会社で、どのような環境でも育つ植物や、どんどん丈夫な子どもを産む家畜の開発がすすめられた。食料自給率は最悪時から回復しつつあるため、オペレーションはそこそこの成功をおさめているといえるだろう。だが手放しに成功しているとは言い難い。我々の『食生活』は、衰退《すいたい》どころではない直滑降コースを辿《たど》っているからだ。

レストラン、グルメという言葉はほとんど死語になっている。食材も調味料も限られすぎていて、料理という言葉すら絶滅寸前である。最初から食べられる姿になっている代用キャベツや代用鶏肉《とり》を、ラップフィルムを開けてただ口に運ぶ。それが食事だ。乏しい食材にいろいろな工夫を凝《こ》らした『美食』らしきものを食べさせる店もあるにはあるが、一昔前の映像作品に誰でも動画サイトで触れられる今、あんな代物《しろもの》を誰がグルメと呼びたがるものか。

そんなわけでほぼ一世紀、『環境の変化に強くておいしい植物』『食糧不足に対応可能なコストのおいしい食肉』という、とんち合戦のような食べ物開発に世界の企業が尽力している。ここ百年で生み出された食品の数は億を超えるだろう。培養もやし。培養しらす。スーパー促成キャベツ。ハイパー抗ウイルス性ダブルビーフ。素晴らしい成果である。味が今一つであることは脇に置くとして。

わが社も開発事業につらなる企業の一つである。栄養成分を損なわず、すぐ育ち、しかもおいしい食品の開発に成功したら、世界中で爆発的に売れること間違いなしだ。

とりわけこんな風に食事をとることが、当たり前になってしまった世界では。

『あなた、大丈夫?』

「ああ、そっちこそ大丈夫か、香苗。ほたるもちゃんと食べている?」

『たべてるー。でもおいしくないね』

『わがまま言わないで食べなさい。パパの会社が頑張って作ってるんだから』

二人の姿をもっとよく見たくて、私はＶＲゴーグルを無意味に顔に押し付けた。

前世紀の置き土産《みやげ》である戦争は、まあまあ片付いている。だが病のほうはそうでもない。毎年、どころか毎月、世界のどこかで新しいウイルスが発見され、そのたび人々は新しいワクチンの開発に躍起《やっき》になる。ワクチンなんかなくたっていいじゃん、感染しても自然回復力で何とかなるでしょ、という人も昔は存在したらしい。だが日々新しく生まれるウイルスには、毒性や致死性に凄《すさ》まじいばらつきがあった。先月のものはほぼ無害、でも今月現れたものは街一つを焼き尽くす、といった具合に、手を替え品を替えいろいろなものが出てくるのだ。人類の英知とウイルスのいたちごっこである。世界的少子高齢化で不足しがちな人的資源を、無暗《むやみ》に失うことはできない。

そんなわけで世界各国、どこでも同じように、新しい病とおぼしきものに感染した人間は、隔離される制度が確立された。期間は個別の症状によって異なるが、おおよそ七日間。

今の私もその状態だ。

街はずれ、緑の山並みときらめく海の両方を臨む、地方都市らしいロケーションのビルが、今の私の住まいだった。隔離マンションAの55棟。まわりには百棟ほどの白い建物がずらりと並んでいる。あれでドミノ倒ししたら面白そう、とほたるが笑っていたのを覚えている。ぎちぎちに並んだ扁平《へんぺい》な建物だ。

死ぬまでの間に平均二回、誰しもこのマンションのお世話になるといわれている。

新種の感染症にかかる確率は、それほどまでに高いのだ。

逆に言うと今の私の状態も、一生に二回当たるクジに当たったった程度の状態だ。医療分野においては国境なき情報共有が当たり前になった今、知識も技術も加速度的に進歩してゆくし、一部の人のようにめちゃくちゃに悲観するようなものではない。そもそも致死性の高いウイルスに感染していたのなら、おそらく私は会社で倒れたまま意識を失い、そのまま死んでいただろう。不幸にしてそういう話もたまに耳にする。

つまり何が言いたいかというと、家族や親しい人と、実際に顔を合わせて食事ができないという状態は、とてもありふれたものなのである。

ＶＲゴーグルをはめた私が、まるで目の前にいるように妻も娘もふるまってくれているが、家に存在するのはカメラである。黒い球形の三百六十度カメラで、私はそこから家を見ている。二人には私の姿は見えず、声だけが聞こえているはずだ。妻の香苗の出張中には私とほたるがそのポジションになり、昨年ほたるが熱を出して隔離された時には、私と香苗が内心死にそうな思いをしながら、それでも明るい両親の顔をして彼女を励まし一緒に食事をとった。カメラとＶＲゴーグルごしに、一緒に。

昔はこうではなかった。

私はギリギリそれを知っている世代である。父と母の休みの日に、ちょっと眉を顰《ひそ》められながらも、マスクをしないで——父も母も古風な人間だったので、フルフェイスのゴム製マスクではなく、口と鼻だけを覆《おお》う古典的マスクが好きだった——ピクニックに出かけたことがある。桜の咲き誇る市民公園のベンチに腰を下ろし、みんなで準備したおにぎりをぱくついたのだ。今だったら信じられない話である。その中の誰かが新型感染症のキャリアではないという保証はどこにもない。それで相手を殺してしまった場合、誰がどう責任を取るのか。病に起因するさまざまな訴訟が生まれ続けている昨今、誰もそんな物騒なことをしたいとは思わない。そういったことに背を向け、享楽的に生きる一部の人々であれば別かもしれないが、あれは極端な例である。

でも楽しかった。

ひらひらと舞い散るピンク色の花びらの下で、大好きな父と母と一緒に弁当を食べた思い出は、間違いなく私の走馬灯の思い出セレクションの一つになるだろう。

本当に楽しくて、おいしくて、当時の私はまさかその弁当が、信じられないような贅沢《ぜいたく》品であることなど考えもしなかった。今や失われつつある伝統ともいうべき米作りには途方もない金がかかる。おにぎり一つあたりに含まれる米を百グラムとしても、価格は五千円ほどだ。今ほど食糧不足が深刻ではなく、日本の稲作環境が悲劇的ではなかった当時も、三人家族で腹いっぱい食べるおにぎりは、目がくらむような金額の品であったに違いない。ちなみに私の月収は三万円である。家賃は月に五千円。ちょうどおにぎり一つ分だ。

でも父も母も、私にそういう思い出を与えたいと思ってくれたのだ。それで大枚をはたいてくれたのだろう。二人は料理人だった。思えばあのピクニックは、二人が長年営んでいた小料理屋を閉めた時期と重なる。

漆《うるし》塗りの重箱に入った弁当を、今でも私はありありと思い出せる。ふわふわ、もちもちの白米。中に入っているさまざまな具材。しんなりして塩気のきいたおかか。ぷちぷちとはじける食感の楽しいたらこ。甘辛くて細長いこんぶ。ツナと酸《す》っぱいクリーム状の調味料をあわせたツナマヨ。おかずもあった。ミートボール。たまごやき。鶏のからあげ。弁当を準備してくれた母や父の、大きな手のぬくもり。愛情の気配。

現実主義者の香苗にこの話をしたら、一体何故《なぜ》そんな馬鹿《ばか》なことをしたのか理解できないと一刀両断された。そのぶんのお金を貯めておけば、都市部で働けない年齢になった時にもっと条件のいい場所に引っ越せたかもしれないのにと。言いたいことは痛いほどわかるが、私はそうは思わない。そしてできることなら、ほたるにも私が味わったのと同じ楽しい時間を味わってほしい。ＶＲごしではなく。手頃だが味気ない『野菜』と『肉』の弁当でもなく。

もちろん実現の可能性があるかどうか、ほたるがそれを望むかどうかは、また別の問題だ。それでも私は夢を捨てられない。

願わくば将来的にわが社のバイオ植物が、私があの時食べた弁当の中身と同じくらいおいしくなってほしい。全地球の食料生産性よ、何かの理由で一気に上がれ。もちろんむなしい祈りだ。

三人でVRディナーを済ませた後、私は保健所に言いつけられた通りに体温を測った。

「……三十六度三分……平熱」

部屋の中には一週間分の生活物資が運び込まれている。食料品。経口補水液。薬。体温計。トイレットペーパー。氷まくら。トランプ。引っ越し用段ボールにパンパンに詰まっている。仮に隔離期間が多少延びたとしても、これなら飢える心配はない。

だが暇だ。

背中が時折ぴりりと痛むほか、これといった身体症状は出ていない。微熱と倦怠《けんたい》感はないでもないが、働けないほどではない。というか働きたい。家族の明るい未来のために金を稼ぎたい。

無理を言って持ってきてもらった社外持ち出し可能なラップトップで、私は業務用の文書の作成と、メールの返信に尽力した。だがありがたくも私は病欠という扱いになっており、新しい仕事は回ってこないので、隔離一日目の午前中にしてやることは終わってしまった。暇だ。

「新商品案でも考えるかな……」

そんなことを思っていた矢先。

玄関の外で、コトリという音がした。何だろう。誰か来たのだろうか。市の職員の人とか？　定期的に体調を確認するという話は聞いているが、電話確認だったはずだ。

不審者？　それとも防災設備の確認か何かか？

私は立ち上がり、玄関の扉を開けた。外の様子をうかがったが、誰もいない。鳥か何かだったのだろうか？

いや、違う。

確かに誰かが来ていたようだ。

私の部屋の扉の脇に、白いビニール袋が置かれていた。コンビニでもらえそうな、何のラベルもロゴもない袋である。中を確かめると、薬袋が一つ入っている。

「……？」

おかしな話だ。一週間分の物資の中に、解熱剤や下痢《げり》止めなど、万が一症状が出てきた時のための薬剤がきちんと含まれていた。確認済みである。なんならベッドリイドのミニテーブルの右隅《すみ》にキチンと揃《そろ》えて並べてある。

だが新しい薬袋は、それらの薬の入っていた袋とは種類が違った。何というか、いわゆるアールヌーボー風という感じの、見たことのない植物デザインの枠組みが描かれている。チェーン店の薬局ではなく、個人店の品だろう。だが店の名前や電話番号はない。中身はどうなっているのだろう。

私は袋を開け、アルミのシートを裏返し、目を見張った。

「……こんぺいとう」

一般的な錠《じょう》剤と同じ、銀色の個別包装シートに包まれているものの、それは確かにこんぺいとうだった。両親が食べさせてくれたことがあるから知っている。もちろん高級品だ。しかしあの時よりも、少しサイズが大きい気がする。あの時は小指の爪くらいのサイズだったはずだが、これはビー玉大だ。色合いは今まで見たこともないほど美しい。

右上の一粒は、空色と若草色とレモン色の三色うずまきだった。決して下品にならないバランスで、複数の色が一粒の中に渦巻いていて、眺めていると吸い込まれそうになる。隣のこんぺいとうは若草色とレモン色と茜《あかね》色のミックス。その下はレモン色と茜色と橙《だいだい》色のミックス。全部で七粒入っているが、全て色が違った。ほたるに見せてやりたい。夢の世界の宝物のようなカラーリングだ。

だがこれは何だ？　お菓子なのか？

あるいは状況的に、やはり薬？

わざわざ朝の七時に持ってくるようなものだろうか。

もう一度扉を開けて、隣り合わせの部屋の扉を見てみる。全て隔離者の住まいのはずだが、他の家の前には、ビニール袋は置かれていない。私の部屋の扉の前にだけ差し入れがあった。何故？

もう一度薬袋の中を探ってみると、今度はメモを発見した。


『これは　ようせいしゃの　からだに　ききます』

『げんきになります　がんばってください』


ほたると同じくらいの年齢の子どもが、頑張って丁寧に書いたような筆跡だった。微笑《ほほえ》ましいが不気味でもある。ここは市が管理している隔離者用マンションである。小学生がふらりとやってくるようなところではない。

何だこれは？

ネット環境はあるので、パソコンで『隔離　マンション　こんぺいとう』『差し入れ

こんぺいとう　謎』『げんきになります　がんばってください』などのワードで検索をしてみたが、何もヒットしない。自分の身の回りに不思議なことが起こったら、誰も彼もがSNSで即共有するご時世なのに。

つまりこれは一般的な出来事ではないのだ。

これを食べたらどうなるのか、インターネットは教えてくれない。

「……放置しよう。うん」

誰かのいたずらかもしれない。どれほど見かけがきれいだとしても、毒キノコだって魅力的な姿かたちをしていることは、子どもの図鑑で知っている。誰も責任なんか取ってくれないだろう。

だが観賞用にするには悪くない。

私はこんぺいとうのシートをテーブルの隅っこに置き、食事の時にも眺められるようにした。明日家族に電話する時には見せてあげようと思いながら。

だがその日の午後。

私ののんきな隔離生活は急変した。

「……こんにちは。マンションAの55棟、磐土です……体が、急に痛くなって」

『発熱はありますか？　その他の著《いちじる》しい身体症状は出ていますか？』

「発熱は少し……三十七度でした……喉《のど》の痛みや吐き気は、ありません……」

『そうですか』

これはまるでひどい筋肉痛だ。左右の腕にテーマパークのおみやげ袋を三つずつぶらさげて、ほたるを肩車して三キロ歩いた翌日とそっくりである。何であの時タクシーを使わなかったのだろう。ほたる流に言うなら『ウケる』だ。体中がカッカと燃えるように痛い。特に背中、肩甲骨《けんこうこつ》まわりが。

私の電話を受け付けてくれた保健所職員は、大変残念ですが発熱が三十七度では病院にお繋《つな》ぎするのは難しいですねと告げた。予想通りでもある。世界にはもっと重度の感染症が溢《あふ》れているのだ。前世紀からずっと医療機関には余裕がない。誰でも知っていることだ。

『必要な際にはまたご連絡ください。繋がりにくいかもしれませんが、何度かコールしていただければ応答いたしますので』

はいとだけ答えてスマホをベッドに置き、私は崩れるように目を閉じて眠り込んだ。そして背中の痛みで目が覚めた。痛い。痛い。

これは本当に、新種の感染症ではないのだろうか？　放置して大丈夫なのだろうか？

ヒイヒイ言いながらベッドから出て、私は頼みの綱のインターネット検索にすがった。

『どんなウイルスに感染したにせよ、関節が痛くなることはよくある』と書かれている。でも肩甲骨の内側に関節って？　あっただろうか？　私は商学部卒業で生物学部ではなかった。ないとは言い切れない。でもなかったような気もする。それ以上は痛くて考えられなかった。

私は再びベッドに戻り、うとうとし、また背中の痛みで目覚める。痛い。とても痛い。ほたるが三十人背中に乗っかっているようだ。想像するとちょっと可愛《かわい》い。しかし背中の痛みはほたるではない。憎い。ただ痛みが憎い。

再び寝返りを打った時、ふと。

テーブルの上の、美しいこんぺいとうのシートが、私の目に入った。

その瞬間の自分の行動を、私は自分に説明できなかった。とりつかれたように、四足歩行の動物的な動きでテーブルに近づき、猛然と一錠、シート右上のこんぺいとうをシートからむしりとる。

そして喉に放り込んだ。

咀嚼《そしやく》もせず、ただ飲み込んだ。

ごっくんと飲み下した後、しばらく私は呆然《ぼうぜん》とした。何をやっているんだ。痛みで錯乱したのか。多分そうだと思う。これがお見舞いの品ではなく悪質ないたずらで、中に毒でも入っていたらどうしよう。踏んだり蹴ったりだ。しかし今から洗面所に行って吐くような元気はない。その時は諦《あきら》めるしかないだろう。

――しかし。

こんぺいとうを飲み込んでから十分ほどで、私の体調はみるみるうちに回復してきた。体が軽い。背中の痛みもない。ベッドが今までの六倍くらいフワフワに感じられる。心までうきたつようだ。ほろよい気分とでも言えばいいのだろうか。気持ちがちょっとハイになっている。

これはいわゆる、ほたる流に言う、あれだ。

やべーやつ。

明らかにやべーやつが、こんぺいとうの成分に入っていたのだろう。私でもわかる。

しかしありがたいことに、背中の痛みは治癒《ちゆ》し、気持ちもそれ以上にハイにはならなかった。一時間後、私はほっと胸をなでおろしていた。全ては元通り、背中が痛み始める前のように、体は完全な正常状態である。

察するに美しいこんぺいとうは毒物ではなかった。ありがたい薬である。

しかし痛みはぶり返した。ほぼ二十四時間おきに、背中は激痛を訴え、主《あるじ》を七転八倒させた。そしてどうしても我慢できなくなるたび、私は一錠ずつこんぺいとうを飲み込み、倒れるようにベッドで眠った。ありがたいことに美しいお菓子はその都度力を発揮し、私はそれ以降保健所に電話をかけずに済んだ。というかずっと眠っていたので、電話をかけるなどという選択肢《し》はなかった。そしてまた痛みに叩き起こされ、こんぺいとうを飲み込み、眠る。

感染者が無断で隔離マンションから出かけることは法令により禁止されている。隔離期間後に罰金、悪質であれば禁固刑である。病院に駆け込むこともできない。しかしこんぺいとうは七錠あった。七日で私の隔離期間は終わる。そうすれば私はここから出ることができ、自分の足で病院に行くことも可能になる。大丈夫、間に合う。

『パパ、大丈夫？　電話ないから、ママがちょっと心配してた』

「……ああ、ほたる。大丈夫だよ。ちょっと背中が痛くてね」

『さすってあげようか？』

なでなで、なでなで、という六歳の女の子の声が、スマホの向こうから聞こえてくる。不覚にも私は涙を流しそうになった。早く家に帰ってほたるを抱きしめたい。

時刻を確認すると夕方の六時だった。しかし隔離から何日経《た》ったのかがわからない。あるまじきことだが、背中が痛くて体を曲げられず、着替えはおろか風呂にも入れなかったのである。

こんぺいとうは六錠なくなっている。

もう六日も経ったのか。

『あなた、本当に大丈夫なの』

いつになく心配そうな香苗の声に、私は元気な声で答えた。

「問題ないよ。背中が痛むんだけどね、誰かが特効薬を置いて行ってくれたみたいで、それを飲むとすぐ治ってしまうんだ」

『誰かが？』

「きっと市の職員の人だと思う。とにかくよく効くんだ」

『……背中の痛みに効く特効薬の話なんて、私知らないけど』

香苗は某巨大製薬会社のＭＲとして働いていたことがある。出産後は近場の印刷会社に勤めているが、昔の友達と今でもよくコンタクトを取っているから、新しい薬の話などは、なまじのニュースサイトよりも早く仕入れてくる。

それでも彼女の知識が絶対ということはないだろう。ないと思う。でも完全に信用できないとも言い切れない。

ではこのこんぺいとうは一体？

今はあまり考えたくない。また背中が痛くなる周期が近づいている。何が入っているのであれ、最後の一錠を私はかなりの高確率で飲むのだ。

「……じゃあ、ただの強力な痛み止めだったのかもしれないな。何にしろ助かってるよ」

『治験のモニターにでもされてるんじゃないでしょうね。同意書にサインした?』

「してない、してないよ。大丈夫。あと二日で無事に帰るから」

『何言ってるのよ。あと一日でしょう。あなたもう六日家を留守にしてるのよ』

おっと。日付の感覚がフラフラしていることがばれてしまった。妻は不安な時ほど怒りっぽくなる。しっかりして、ちゃんと治して、ほたると私を置いてけぼりにしたら許さないからと、かなり厳しい口調で言われてしまった。叱《しか》られているのに何だか嬉しかったのは、自分が大切な人に求められていると深く感じられたせいだろう。

「香苗、愛してるよ」

『……そういうのは顔を見て言って。じゃあね』

そして回線は切れた。ほたると一緒に香苗も抱きしめたい。私は何て幸せな男なんだろうと思いながら、ヨロヨロとシャワーを浴びた。

果たしてその三時間後。

私の背中は規則正しい音で鳴る柱時計のように、再三の痛みを訴え始めた。

こんぺいとうも最後の一錠だ。色合いは夜明けのような紫色に、鮮やかなピンク、そして生クリームのような白のうずまき。ブドウとイチゴの味がするお菓子のようだ。こんな小さな薬――だと思う――が、強烈な背中の痛みを癒《いや》してくれたことが、改めて不思議に思えてくる。そして少し怖い。

私は身支度を整え、保健所の人が迎えに来てくれたら即時退去できるよう準備をした後、ベッドに腰掛け『その時』を待った。お迎えの時ではない。背中の痛みのピークである。その時にこんぺいとうを飲み込めば、私はきちんと自分の足で家に帰ることができるだろう。明日以降の分のこんぺいとうがないことは不安だが、いざとなったらどこかの大きな病院にでも駆け込めばいい。

このこんぺいとうが既《すで》に一般的な薬として売られていて、私がそれを知らなかっただけという可能性は、残念だがもう潰れている。調べても調べても、カラフルなこんぺいとう型新薬の話など微塵《みじん》も出てこなかった。少なくとも一般的な薬ではない。

できることなら最後の一錠は残しておき、妻のツテで製薬会社かどこかに回して分析してもらい、今後の私の処方や、似たような症状の出た人の処方のために役立ててほしかった。

だがいつものように、耐えられないほど背中が痛くなってしまったら、私は自分のために最後のこんぺいとうを飲むだろう。

うだうだ考えているうちに、『その時』は近づいてきた。肩甲骨が焼けるように痛い。痛い。痛いということしか考えられなくなる。痛い。ほたる。香苗。お父さん。お母さん。肩甲骨が百倍くらいの大きさに膨張して破裂しそうな気がする。折れる。体が折れる。

もう仕方がない。こんぺいとうだ。

私は最後の一錠を飲み込んだ。これで一安心である。

そう。

思ったのだが。

何ということか、痛みは治まらなかった。

背中が燃える。燃えるように痛い。何故だ。こんぺいとうはちゃんと飲んだのに。まさか七錠のうち一錠だけ、宴会ゲーム用の駄菓子か何かのように『ハズレ』が含まれていて、薬効成分が何も入っていなかったとか？　そんなことがあってたまるものか。

背中が痛い。

背中が燃えるように痛い。

背中が破れそうに痛い。破れる？

だが確かに、背中の内側から、何か大きなものが私の背中の皮膚を押し上げている。これはそういう痛みだ。いやそんなはずはないと私の理性の声が言う。人間の皮膚は内側から破れたりしない。だってそれは人間の骨が変形するということだろう。しかしこれまで私が感じてきた尋常ではない痛みは何だったんだろう？　関節痛？　肩甲骨自体に関節はない。そんなこと私だって調べてわかっていた。だが痛いものは痛かった。

あれがもし、骨の形が変わる痛みだったのだとしたら。

もしそうだったのだとしたら。

本当に私の背中は。

破れてしまうのでは。

途端、ビリビリビリビリリーという新聞紙を破くような間抜けな音がした。自分のシャツが破れた音だと、私はしばらく気づかなかった。だが左右の袖《そで》の下に、背中の部分の残骸《ざんがい》がべらべらとぶらさがっている。確かにシャツの背中の部分が破れ、左右に分かれたのだ。

「な……なんだ…………？」

痛みが、止まった。

すっきりさっぱり、嘘《うそ》のように、なくなっていた。

今になってこんぺいとうが効いたのだろうか？　体が軽く、頭がフワフワして、何だかちょっとスキップがしたい。いや待て。それ以前に服が破れているのだから着替えなければならない。今保健所の人が来たらきっと驚くだろう。着替えを、速やかに着替えを。

そうして、私は、風呂場にある姿見鏡の前まで足取りも軽く移動し。

絶叫した。

「わぁあぁーッ!?」

私の背中から。

背中から、羽根が。四枚。左右二枚ずつ。

レモン色に、橙色に、茜色に、クリーム色に、若草色に、空色に、暁《あかつき》の空のような紫色に輝く、七色の羽根が。ちょうちょのような大きな羽根が。

生えている。

私の背中に羽根がある。

冗談か？　いや冗談ではない。もし夢なら、こんなぶざまに千切れたシャツはカットされているだろう。ディテールにリアリティがありすぎる。

もしかして、と思って、私は『肩甲骨』をへこへこと動かしてみた。

私の意志に従って、大きな羽根は閉じたり開いたりした。

ぞっとした。この羽根はどういう仕組みか私の体と繋がっていて、脳みその信号を受信して動いている。間違いなく私の体の一部だ。

なんで。

どうしてこんなことに。

その時、ピンポーンというのんきな音が鳴った。保健所の人だ。助けてくれ。助けてほしい。何が何だかわからない。誰でもいいから誰かに会いたい。誰でもいいから誰かに助けてほしい。

腰が抜けているらしく、私はうまく立って歩けず、すがるような思いで四《よ》つん這《ば》いになり、玄関に駆け寄り、ロックを開けた。

「助けてくれ！」

思わず叫んだ。

だが目の前に立っていたのは、防護服に身を包んだ保健所の職員ではなかった。病院のスタッフでも、その他のお店の店員でも、およそ常識的な世界で働いている人とは思われなかった。

ファンタジー映画のエルフ。

そうとしか思われない、つま先までを覆う半透明のシルクのような、ごちゃごちゃとした装飾の多いローブに身を包み、額《ひたい》に黄金の飾りをつけたひとが、私の前に立っていた。当たり前のように耳の先も尖っている。二人。性別はわからない。髪の色は片方が淡い若草色で、片方が星空のように輝く黒紫色だ。瞳は金。どちらも非常に美しく整った顔をしている。そしてどちらも背が高かった。二メートルはある。

二人はしずしずと、私の前に頭を下げた。

「こんにちは、いわつちじんさん。わたしはフィオーキンです」

「こんにちは、いわつちじんさん。わたしのなまえはデャーミドです」

「たちばなしもなんですから」

「おじゃまいたします」

そして二人は、まだ立てずにいる私の部屋に、音もなく入ってくると、後ろ手で扉のロックを閉めた。


「いわつちじんさん、あなたはようせいになりました」

「…………は？」

「あなたにはようせいテストをうけてもらったはずです。そのときにようせいのけっかがでましたね。したがって、あなたはようせいになりました」

「待ってくれ待ってくれ、何を言われてるのか全然わからない」

フィオーキンとデャーミドは顔を見合わせた。二人の喋《しゃべ》り方は明らかに日本語ネイティブではなく、もっと言うなら人工音声ソフトが入力された文字を読み込んでいるようなものだった。声色《こわいろ》に濃淡が乏しくてわかりにくい。

私が、ようせいで、ようせい？

何だって？

髪の毛が緑のほう、フィオーキンがじっと、鈍く光る瞳で私を見て、口を開き、喋った。できるだけ、声に濃淡をつけられるよう苦心惨憺《さんたん》しているらしく、ゆっくり、ゆっくりと。

「いわつちじんさん、あなたは、ようせいテストをうけて、ようせいのけっかがでました。せかいじんるい、たったひとりの、ようせいです。あなたは、わたしたちのせかいと、あなたたちのせかいをむすぶ、かけはしなのです」

「世界人類、たった一人？」

「そうです。せかいに、たったひとりの、ようせいしゃ、ようせいにんげんなのです」

ようせい――陽性、ではない。このエルフのような風体の二人から、想定される『ようせい』はただ一つだ。

妖精。妖精人。

フェアリー人間ということか。

そんな馬鹿なと倒れそうになる私の前で、フィオーキンは淡々《たんたん》と、しかし熱っぽいジェスチャーつきでどんどん喋った。まとめると大体こうだ。

磐土仁は、『ようせいテスト』を受け、『ようせい』の結果が出た。それはウイルス抗体の有無、陽性陰性を確かめるものではなく、ようせい——『妖精』の素質、のようなものを確かめるテストを指している。そんなものをいつ受けたのか、私には全く覚えがないのだが、フィオーキンはテストテストというので、ウイルスの検査のサンプルが彼らに横流しされ、同時に妖精テストも検査されていたのかもしれない。

フィオーキンは妖精に関する話も聞かせてくれた。

彼らの住む妖精の世界とは、人間の世界と重なり合うように存在しつつ、その実人間には観測不可能な世界であるという。

太古の昔から、人と妖精は没交渉に暮らしてきた。しかし時折、妖精を少しだけ見ることができる人間が出現し、妖精の存在を伝承として、あるいはおとぎ話として、人々の心に伝えてきた。だがその程度である。ある日突然どうもこんにちは妖精ですという存在がお家《うち》訪問などの展開も、臨時ニュースに妖精が出てくることも、歴史上一度も存在しなかった。

だが、それも限界が近づいているのだという。

「かんきょうのへんかがいちじるしく、このままではようせいはほろびてしまいます」

「……それは、地球温暖化などの話ですか……？」

「それもありますし、やはりさいだいのげんいんは、ウイルスです」

「ウイルス！　そちらでも新型感染症が流行しているんですか」

「はい。もう、ずいぶんまえから」

感情の色に乏しいながら、フィオーキンの声は沈痛な響きを帯びていた。

妖精の世界においても、人間の世界とほぼ同じ、百年前のタイミングから、いろいろな新型感染症が現れては消え、現れては消えという状態が続いているらしい。妖精たちの世界にも文明があり、テクノロジーがある。フィオーキンいわく、人間と妖精とは『もののみかた』が違うらしく、私たちが主に原子や分子という単位で世界を認識しているのとは異なり、元素という単位で世界を分解、分析しているという。疾病《しっぺい》予防の概念があり、当然薬もある。詳しいところは私にはわからなかったが、聞く人が聞けば目を輝かせそうな話だ。世界の根幹にかかわってくる。

だが元素の世界にも、やはり限界があるという。

個別の病に対処する薬は、時間さえかければ生み出すことができる。だがその間に新しい病が生まれている。薬の開発が間に合わない。

毎年大勢の妖精たちが、はかなく世を去っているという。ちなみに妖精の平均寿命は百年ほどだそうで、それほど人類と乖離《かいり》しているわけでもないようだ。

「このようなことは、ようせいのせかいがはじまっていらいの、ゆゆしきもんだいです。このままでは、われわれのせかいは、こんぽんから、へんかしてしまう」

「私たちの世界も似たような状況です。愚痴《ぐち》でも言い合えたらよかったですね」

私がそう応《こた》えると、フィオーキンは少しだけ距離を詰めてきた。楚々《そそ》とした中性的な風《ふう》貌《ぼう》だが、二メートルの巨軀《きょく》である。ちょっと怖い。

「わたしたちは、なにも、ぼつこうしょうになりたくて、なっていたわけでは、ないのです。にんげんのすがたと、ようせいのすがた、りょうほうどうじに、こうじょうてきにめにすることができるそんざいは、ゆうしいらい、ひとりもあらわれなかった。どちらかがみえるもののひとみには、もうはんぶんが、うつらない。しかたなく、こうなっていたのです」

ゆうしいらい、というのは、有史以来ということらしい。スケールの大きな話だ。

「で、でもあなたたちは私を見ているじゃありませんか」

「それはあなたが、ようせいじんだからです」

「え？　いや、私は普通の人間で」

「ちがう」

ようせいじん、と。

フィオーキンは嚙《か》んで含めるように繰り返した。陽性、ではなく。

妖精人。

「私が……………妖精人？」

「そうです。あなたはうまれつき、ようせいになることを、さだめられていた、にんげんだったのです。おめでとう。あなたはみごと、かくせいしました」

「そ、そんなばかな。だって私の母は岩手県民だったし、父だって沖縄県民だったし」

「けんみんは、かんけいないのです。とつぜんへんいなのです」

常識的に考えて、岩手県民と沖縄県民の間にヨーロッパ風の妖精が生まれてくるだろうか。いや、ない。せいぜい間をとって大阪府民では？　そんな冗談しか浮かんでこない程度、私は慌《あわ》てていた。背中の羽根はぴこぴこと動く。デャーミドがそれを嬉しそうに眺めている。私はあまり嬉しくない。

「な、何かの間違いです。妖精なんてばかげてる」

「しかしあなたにはわたしたちがみえている。あなたのせなかにはようせいのはねがある。あなたはようせいだ。これはほんとうのことだ」

「私は頭がどうかしちゃったのだろうか……」

「パニックじょうたいだというなら、おちつくまで、まちましょう」

「そろそろ保健所の人が来ると思うのですが……？」

「わたしたちはようせいです。そとには、ようせいのこなを、まいておきました。このへやをめざして、やってくるひとたちは、いつまでたっても、もくてきちにたどりつけず、グルグルまわってしまうことになるでしょう。ようせいには、あさめしまえです」

大迷惑な粉だ。激務の中にある保健所の人たちに申し訳ない。

一体どうしたらいいのかまるでわからず、羽根にもたれてテディベアのような姿勢で座り込む私に、デャーミドが語りかけた。彼または彼女の声にも濃淡がなかったが、フィオーキンの声よりも少し低い、落ち着いた声色だった。

「よく、かんがえてほしい。わたしたちは、いわば、となりのほしに、すんでいるにもかかわらず、こうしょうできない、うちゅうじんどうしのようなもの。あなたたちは、はねでそらをとぶほうほうも、りんぷんでやまいをいやすほうほうも、しらない。おなじようにわたしたちも、テレビをつくるほうほうや、トレインをはしらせるほうほうを、しらない。えいちを、きょうゆうすべきだ。そうすればわたしたちのせかいは、たがいに、よりゆたかにはってんしてゆく。まちがいなく」

「……………」

これはいわゆる、SFでいうところの『ファーストコンタクトもの』ということになるのだろうか。宇宙人と人間との初めての出会いを描くジャンルをそう呼んだりする。香苗の好きなタイプの小説で、私の好きなビジネス書の棚の隣には、それ系の小説がずらりと並んでいる。

デャーミドの言っていることは正しいと思う。羽根で空を飛ぶ方法はともかく、鱗粉《りんぷん》で病を癒す方法にはとても興味を惹《ひ》かれる。もしかしたらいまだに猛威を振るっているウイルスですら、妖精たちの前では弱小ゴブリンのようなものかもしれないのだ。あるいはもっと他の難病の治癒の可能性すら見えてくる。もしそんなノーベル賞一ダース分にも匹敵するような偉業に貢献できるなら、本当に素晴らしいし誇らしいと思う。

でも。

「…………仮にそれが本当だとしても、妖精の姿は、世界中の人間の中で私にしか見えないわけですよね？　そんな中で私が、背中に羽根を生やして『妖精の世界があります！』なんて言っても、世界びっくり人間ショーに取り込まれておしまいになるんじゃないでしょうか」

「それは、だいじょうぶです」

フィオーキンが引き取ってゆく。大丈夫とは。どういうことだ。どういう根拠があって言っているんだ。不安をあらわにする私に、デャーミドが告げた。

「あなたが、すがたをあらわしたら、にんげんたちは、あなたを、ほうっておけない」

「……いや、しかし、人ひとりでは限界が」

「しんじてほしい。かならずだいじょうぶだ」

「何故そんなことが言いきれるんですか」

「にんげんのせかいの、じょうしきてきにかんがえて、そうなるからだ」

「………ですから何故」

「だいじょうぶだ」

「………」

妖精は断言した。

そして深々と、私の前で頭を下げた。

「たのむ。いわつちじん。たのむ」

デャーミドの隣で、すっとフィオーキンも頭を下げた。二人の美しい存在が、私に頭《こうべ》を垂れている。フィオーキンはそのままの姿勢で喋った。

「いわつちじんさん、おねがいします。ようせいのせかいのために、そしてにんげんのせかいのために、きょうりょくしてほしいのです。これは、とても、いぎのあることです」

「…………………………」

妖精に要請されてしまった。

などという冗談を考えられるくらいには、私の頭は回復していた。

しかし逆に考える。断るという選択肢は、私にはあるのか？　背中から生えてしまったこの羽根を『なかったこと』にして、香苗とほたるの待つ家に帰ることは？　可能なのか？

空気を読まずに私が尋《たず》ねると、フィオーキンはうつむきながら告げた。

「それは、できます。はねを、きりおとせばいい」

よかった。できないと言われるのかと思っていた。

私が喜ぶと、フィオーキンは猶更《なおさら》悲しそうな顔で告げた。

「ようせいのせかいにおいて、はねをきりおとすのは、しんでしまいたいときに、することです。しかしあなたは、ようせいでもあり、にんげんでもある。はねをきりおとしても、しにはしないでしょう。ただときどき、せなかがいたくなることが、あるかもしれませんが、それをのぞけばふつうのにんげんとして、これからもくらしてゆけるはずです」

「……ありがたいです」

「そしてわたしたちは、またすうせんねん、まつ。しかしそのあいだに、すいたいは、とりかえしのつかないレベルまで、すすむだろう。にんげんのせかいと、ふたたびつながりを、もてるかどうかも、わからないレベルまで。そして、わたしたちのせかいは、えいえんに、わかたれる」

そう、デャーミドがこぼした。

『また数千年』。有史以来という言葉から考えるなら、文字で歴史が綴《つづ》られるようになってからということだろう。おそらく八千年前くらいからだ。八千年前、人間は何をしていたのだろう？　ナイフ一本を作ることにも四苦八苦していた頃だろうか。あと八千年経ったら、人類は一体どんなものをつくりだしているのだろう？

そもそも。

人類はまだ、ちゃんと存在しているのだろうか。

私は急に怖くなった。そしてほたるの顔が浮かんだ。大きくなったほたるは、好きな人と結婚するかもしれない。そして子どもを産むかもしれない。そしてその子もまた大きくなって、好きな人と結婚して、子どもを産んで、その子がさらに………

その時にもまた、新しいウイルスが、人の世界を悩ませていたりするのだろうか。

相変わらず食料に乏しい、味気ない野菜と肉だけの世界で。

いや、待て。

質問すべきことにようやく思い至り、私は声をあげていた。

「つかぬことをお尋ねしますが、さきほど仰《おつしや》った『りんぷんでやまいをいやす』というのは……？　妖精の鱗粉というものには、薬効成分があるのでしょうか？」

「それは、とうぜん、ある。あなたがのんだ、つぶぐすり。あれも、もとをたどれば、りんぷんからつくられている」

「痛み止めになるということですか」

「いたみをとめる、だけではない。もっといろいろなやまいを、いやすりんぷんがある」

そうだ。十九世紀に未開の地を求めた探険家たちが持ち帰ったものは、珍しい動物や宝石ばかりではない。

新たな薬になる薬草、植物などの類《たぐい》も存在したのだ。

私は急に、フロンティアを目の前にした探険家の気持ちになった。

この『鱗粉』があれば、もぐらたたきのように叩いても叩いても出てくる新しい感染症への、強力な対抗策になるのではないか？

そして病や、その後遺症による人手不足が緩和されれば、食料自給率も上がるのでは？

環境変動に対処する農薬としても、『鱗粉』が活用できるとしたら？

あくまで可能性の話だ。だが妖精たちは高い知性を持っている。力を合わせれば、たくさんの扉が開くだろう。

それはきっと人類を助けてくれる。

私はデャーミドに、『つぶぐすり』ことこんぺいとうについてより詳しく尋ねることにした。私が興味を示すと、麗《うるわ》しい妖精は身を乗り出して食い気味に答えてくれた。

「これもまた、もとをたどれば、りんぷんだ。わたしたちの、せかいでは、あなたたちのいうところの、くすりと、たべものとを、くべつしない。このふたつは、わかちがたくむすびついている。やまいをいやしたいときにも、からだをうごかすエネルギーがひつようなときにも、わたしたちはものをたべる」

「薬効成分のある食べ物というわけですね」

「おそらく、そうだろう。そして、てきせつなものを、たべれば、てきせつにやまいを、ふせぐことができる。そういうちからが、あるのだ。もちろん、げんかいもあるが」

「ワクチンとしての使い方もあるということですか！」

「そのとおりだ」

そして妖精の鱗粉というものは個体によって千差万別なので、さまざまな食料、さまざまな薬がオーダーメイド的に生み出されているという。遺伝子薬のようなものか。私たちの世界とは薬の作り方も根本から違う。

おいしくて美しいこんぺいとう。体によくて、元気が出て、ワクチンになる。

副作用はないのか。

私はそのあたりについても言葉を尽くして尋ねたが、デャーミドは首を横に振り続けた。

もちろん特定のものを食べ続ければよくないことはあるかもしれないが――それはまるでポテトチップスの食べ過ぎという豪勢なものが存在した時代の、食べ過ぎに呆《あき》れる医者のような口調だった――そんなことは常軌を逸した摂取を続けなければ起こらないという。

用法を間違えれば薬は毒にもなる。人間世界の基準でも十分に理解できることだ。

食料になり、薬になるこんぺいとう。しかもいろいろな味がある。

間違いなくこれこそが、全世界待望の、英知の結晶なのでは？

少なくとも、人間と妖精の力を結集すれば、病も食料自給率も環境変動も、今よりもたくさんの方法論を用いて対処可能になる。これは確かなことだ。妖精の科学者と人間の科学者との意思の疎通と情報交換がうまくいけば、もしかしたら今まで誰も考えもしなかったような薬が生み出されて、次々に生まれてくる疫病神《やくびょうがみ》のようなウイルスたちも、根絶可能かもしれないのだ。

私はなんという状況にいることだろう。

もし、私が彼らの世界との架け橋になれば、いずれほたるにも、おいしい食事をお腹《なか》いっぱい食べさせてあげることができるようになるだろうか。

桜の下のピクニック。

マスクをせず。ぺらぺらの味気ない代用食も使わず。

ほたる。香苗。

「…………」

考える。妖精の要請を受け止める可能性を真剣に考える。正直に言って怖い。妖精人間になることも、妖精の羽根を切り落とすことも。どちらにせよ未だかつて誰にも経験がないことだ。私は前人未到の記録や、未知の山麓《さんろく》に挑むことにロマンを見出《みいだ》すような男ではない。ただ家族と幸せに暮らしてゆくことができればそれでいいし、代わり映えのしない毎日を穏やかに過ごすことに魅力を感じる男だ。

だがその私が今、ほたるや香苗を蝕《むしば》む災禍《さいか》を食い止める、大きな力を手に入れようとしているのかもしれない。

「……………」

私は、妖精人間になるのか？　本当に？

人間の世界と妖精の世界の、架け橋とやらになるのか？

そうなった場合、自分がどんな扱いを受けるのか、二人の家族にどんな目が向けられるのか。具体的に想像すると泣きたくなる。耐えられるだろうか。二つの世界のためという崇高《すうこう》な目的があれば、ワイドショーや週刊誌や匿名《とくめい》掲示板の心ない見出しや書き込みや中傷に耐えられるだろうか。

悩んでいる私を見かねたのか、そっと、デャーミドが私の右手を両手で包み込んだ。隣のフィオーキンも、左手を包み込む。

「あなたが、わたしたちにきょうりょくしてくれるなら、わたしたちは、すべてのちからをつくして、あなたをまもる。あなたのたいせつなひとたちを、まもる。やくそくする」

「おねがいです。わたしたちのかけはしになってください」

私はしばらく、無言で考え、一つ提案をした。

「家族に電話をかけさせてください」

二人の妖精は、一も二もなく頷《うなず》いた。

コールは五回で繋がった。香苗は急な用事で親戚のところに出かけているらしく、応えたのはほたるだけだった。

『ママはねー、しばらく電話に出られないって。C7団地のおばさん、入院するかもしれないって言ってたから』

「そうか……」

放っておくと病はどんどん広がってゆく。新たな病も生まれてくる。現在は耕作されている畑も、病か戦争か人手不足で、来年には放置されているかもしれない。そして代用食はますます不味《ふみ》になり、少なくなる。そんなのはみんなわかっていることだ。わかっているがどうしようもないと諦めていたことだ。

だが諦めることだけが、かしこいやりかたではない。時には戦うことも必要なのだ。戦ってくれる誰かを祈り待ち望むだけではなく、自分自身の力で戦おうとすることが。

私は極力、何でもないふうを装って話しかけた。

「なあほたる、ピクニックの話を覚えているかい。おじいちゃんと、おばあちゃんと一緒に、パパが出かけた時のお話だよ」

『おぼえてるよ。パパの好きな話だもんね。ママは嫌いだけど』

アハハとほたるは笑った。

そうだ。誰しもがピクニックに憧れるわけではない。香苗は馬鹿げたことだと言ったし、事実この世界の半分くらいの人も、いやそれ以上の人々も、同じことを言うかもしれない。豪華絢爛《けんらん》なベルサイユ宮殿は既に無人の観光地である。今更マリー・アントワネットのような暮らしをしようとする人はいないだろう。それはただの時代錯誤な浪費活動だ。

私が思い描いているのは、それと同じ馬鹿げた夢なのかもしれない。

でも。

「……じゃあ、ほたるはどうだい？　ピクニック、してみたい？　それとも馬鹿みたいって思う？　パパに気を遣わなくていいよ。ほたるがどう思うか、パパは知りたいんだ」

『ウケる』

ちゃかしつつ、それでもほたるは黙った。考えてくれているらしい。ありがたい。まだたった六歳なのに、この子は人の話を真剣に聞くことを知っている。本当にいい子に育ってくれたと思う。

一分くらい黙った後、ほたるは口を開いた。

『あのねー、わかんない』

「そ、そうか……」

『わかんないからねー、自分で見て決めたい』

私はハッとした。傍《そば》で漏れ聞こえる声を聴いていたデャーミドとフィオーキンも、目を見開いたようだった。

『ほたる、ピクニック行ったことないから、いいとか悪いとか、わかんない。おにぎりも食べたことないし、パパの言ってたたまごやきとか、からあげっていうのも知らない。だから、やってみてから、いいか悪いか決めたい。知らないことを知らないまんま、いいとか悪いとか言うのって、バカくさくない？』

その通りだ。

本当にその通りだ。

そしてその言葉で、私は心を決めた。

私は微笑み、音声だけしか聞こえないほたるに告げた。

「ありがとう、ほたる。ママに伝えておいてくれないかな。パパは……ちょっと、隔離の期間が長くなるみたいで……詳しいことはまた別の電話で知らせるかもしれないけど、ともかく、今日家に帰るのは難しいかもしれないんだ」

『えー！　やだ！　やだ！　もうパーティの準備しちゃったのに。一番高級な代用牛肉と代用レタスでおいわいなんだよ。ママふんぱつしたんだから』

「ごめん。本当にごめん。ほたる、だいすきだよ。香苗も大好きだ」

『パパ、どうしちゃったの？　やっぱりどっか悪いの？　なでなでする？』

なーで、なーで、とほたるはまた言ってくれた。

これでいい。

もうこれで、私が一生の中でもらえる幸せが全部打ちどめだとしても、これでいい。十分だ。

私は最後にもう一度、ありがとうと娘に告げて、電話を切った。

そして二人の妖精に向き直った。

「……最初に聞いておきたいのですが、『私が姿を現したら、人間たちは放っておけない。絶対大丈夫』という件には、どういう根拠が？」

フィオーキンはにっこり微笑み、逆に私に尋ねかけてきた。

「あなたの、すきな、かいじゅうは、どのくらいのせたけがある？」


その日、世界中のテレビ局は、ラジオ局は、動画投稿者は驚愕《きょうがく》した。

天を突くような大男が、雲に額をつけながら、地上を見下ろしているのである。

その巨人はアジア人らしき顔立ちをしていて、三十絡みの風貌で。

背中から七色の羽根を生やしていた。

妖精だった。

巨大な妖精は、日本語で宣言した。

『こんにちは！　私は妖精人です！　人間界と妖精界の架け橋になるため、ここにいます！』

全世界の情報機関は、理解不能な巨大生物の存在を秘密のうちに片付け、自分の国と友好国の間だけの獲物にしようと試みたが、不可能だった。妖精人があまりにも巨大だったためである。人々は好き勝手に写真をとり動画をとり、国境なきSNSにアップして再生数を稼いだ。妖精人の姿とメッセージは瞬《またた》く間に拡散され、ありとあらゆる場所で共有されていった。

とうとう各国首脳も彼を無視することはできなくなり、『交渉』が始まった。

太平洋上の無人島に着地し、人間サイズに縮小した妖精人は、まず最初に何の予告もなく巨大になって現れた非礼を詫《わ》び、その後本題を切り出した。

「科学者を集めてください。妖精の世界の科学者たちも集まっています。世界中に溢れているウイルスを撲滅することができるかもしれないのです。そして同時に、食料の問題も解決することができるかもしれない」

はじめ、各国のお偉方たちは鼻白み、嘲笑《あざわら》ったが、彼が持ってきたイガイガした砂糖菓子状の物品が、副作用なしでモルヒネ以上の強烈な痛み止めとして作用し、リウマチほか人類を長年苦しめてきた数々の骨の病に対する奇跡的な効力を持っていることがわかると、手のひらを返して狂喜乱舞した。あらゆる宗教が彼を『我らが神』とあがめようとし、自分たちのテリトリーに引き込もうとしたが、妖精人は拒絶した。

そしてこう告げるだけだった。

「自分はただの、橋なので」

妖精人は主に日本語で喋った。

アメリカからやってきた通訳の人間に、それはどういうことなのかと尋ねられると、妖精人は簡単に説明した。

詳しく言うことはできないが、自分には未来の夢がある。それは人々が、親しい人々と連れだって食べ物を持って、季節の花を観に行って、その傍で会話をかわし、笑いさざめきながら食事をとることである。病の恐れも、食べ物の不足に対する恐れもなく、ただなごやかに、愉《たの》しく、子どもに戻ったように。

そのためならばいかなる困難なミッションにも、自分は挑むつもりです、という妖精人の言葉に、各国首脳は新たなオペレーションを開始した。

その名もオペレーション・スペシャルＦ――Ｆは言わずもがな、フェアリーのＦである。

「パパ、またインタビュアーに何か言ってるよ。ウケる」

「あいかわらず真面目に頑張ってるみたいねえ」

二人の人間の暮らす家に派遣されたフィオーキンは、妖精人の妻子であるという二人のために、日夜透明人間として家事に励んでいた。父親のいない家は静かではあったが、小さいほうの人間であるほたるは、フィオーキンがお茶をいれたり食事を作ったりすると、手を叩いて喜ぶので――全く何もないところで、ポットが浮かび上がったり、料理が出来上がったりして見えるらしい――フィオーキンはほたるが好きだった。

南の小島で働く妖精人こと磐土仁は、時々ＶＲゴーグルをかけ、家族と共に団欒《だんらん》を楽しんだ。

「変なものだな。ゴーグルなしの食事の実現を目指してるのに、そこでこんなにＶＲゴーグルがいいものだと気づかされるなんて」

『まあ、何食べてても家族は家族だし？』

『やめなさいほたる。パパが調子に乗っちゃうから』

「はは。そうだね。何を食べていても、好きな人と一緒なら、そんなに変わらないのかもしれないね。でも今日のこれは、パパの感じたところだと、たらこのおにぎりに近い味なんだ」

『いやだ、ちょっと気持ち悪いわ』

「香苗、感想は食べてみてからだよ」

『いただきまーす』

そして三人は、遠く離れた場所同士でいただきますと声を揃え、きらきら輝くこんぺいとうを口に運んだ。磐土仁が監修したそれは、とりあえず、たらこのおにぎりというものと同じ味がするはずだった。

おいしい囚人飯
「時をかける眼鏡」番外編

椹野道流

Fushino Michiru

その日、西條遊馬《さいじょうあすま》は、この世界に来て初めてのタイプの困惑を味わっていた。

テーブルについた彼の目の前に座しているのは、彼が今いる小さな島国、マーキス王国のツートップ、国王ロデリックと、その弟である宰相《さいしょう》フランシスである。

昨夜、フランシスから届けられた書簡には、「宰相私室にて午餐会《ごさんかい》。是非《ぜひ》とも来られたし」とだけ書いてあった。

やや緊張しながら、慎《つつ》ましい一張羅《いっちょうら》に身を包んで登城したが、今のところ、招待客はまさかの遊馬ただひとりである。食器は四人分セットされているが、もうひとりのゲストが登場する気配はない。

これまで、ロデリックとフランシスには数え切れないほど面会してきたが、彼らと三人きりの食事会はさすがに初めての経験である。

自分が、「ちょっと世界を越えてきただけの一般人」であることを改めて自覚すると、これは完全なる異常事態だ。

もはや緊張どころの騒ぎではない。

しかも、三人がいる部屋に料理を運んできたのは、メイドでも料理人でもなく、国王補佐官兼鷹匠《たかじょう》、そして遊馬の身元引受人にして師匠《ししょう》、ついでに同居人のクリストファー・フォークナーだった。

（道理で、心配性のクリスさんなのに、今日の午餐会については何も言ってくれなかったはずだよ……！）

「クリスさん、どうして？」

唖然《あぜん》とする遊馬を「もう少し黙っていろ」とギョロ目で制して、クリストファーはテーブルの中央に、でんと大きな椀《わん》を一つ置いた。そして、その横に、見るからに硬そうな大きくて長いパンを一本添えた。

「本日、実際に連中に提供されるものをお持ち致しました」

遊馬は、座ったまま鳥のように首を伸ばし、椀の中を覗《のぞ》いてみた。

そこには、とても王族が食べる料理には見えない、いわゆる「ごった煮」らしきものが入っていた。

パンも、雑穀《ざっこく》が大量に入っていることがわかる、茶色くてブツブツした焼き上がりである。

（これが、午餐？　ここの王族の人たち、確かに日頃の食卓は質素みたいだけど、これはいくら何でも。しかも、何だかこれ……）

遊馬は漂ってきた料理の臭《にお》いに、思わずウッと息を止めてしまった。

向かいにいるロデリックは平然としているが、フランシスはシャツの袖《そで》で鼻を覆《おお》い、酷《ひど》い顰《しか》めっ面《つら》をしている。

皿を運んできたクリストファーも、僅《わず》かに顔を歪めながら、それぞれの前にある小さな椀に、無骨な手つきで料理を取り分け始めた。

ロデリックとフランシスに次いで、遊馬の椀にも料理が盛りつけられ、クリストファーが手で無造作《むぞうさ》に割ったパンがその脇に置かれる。

どうやら今日の「午餐会」は、この四人きりで催《もよお》され、給仕担当の使用人たちはこの場に立ち入りを許されていないようだ。

(何がどうなってるんだろう。っていうか、何、この臭い)

一同の顔から料理に視線を移した遊馬もまた、微妙な顔つきになった。

明らかに、椀になみなみと盛りつけられた料理が異臭の源《みなもと》である。

遺伝子に刻みつけられた原始の危機感が目覚めるほどの、不快で不安な臭いだ。

ただ、幸か不幸か、元の世界で司法解剖《しほうかいぼう》に何度も立ち会わせてもらった経験がある遊馬は、生物学的な悪臭には妙に強い。

最初こそ驚いたが、徐々に慣れて、目の前の料理を冷静に観察し始めた。

シチューのような煮込み料理であることは間違いない。

具材のほとんどは、見たところ赤っぽい豆と白っぽい豆で、あとは少しだけ肉片が交じっている状態である。

どうやらそのわずかばかりの肉片が、異臭を……有《あ》り体《てい》に言えば、排泄物《はいせつぶつ》のような臭いを放っているようだ。

「うーん、これ、腎臓を角切りにしてありますね。あとは肺と小腸かな。腸の太さから見て、豚の内臓でしょうか」

遊馬の発言に、ロデリックは面白そうに数回、軽く拍手してみせた。

「さすが、医学を修めた者、鋭い見立てだ。この細切れの肉片から、そこまでの情報を読み取るとはな。此度《こたび》は、この料理をまず試食したいと思うておる。クリス、毒見は済んでおるな？」

配膳《はいぜん》を終え、遊馬の隣の席に着いたクリストファーは、苦々しい顔つきで頷《うなず》いた。

「はい。いつもの毒見役が、ぬかりなく」

「何と申しておった？」

「……陛下にお出ししてよいようなものではないと」

「有り体に申せ」

「飲み込むのにやや苦労した、と申しておりました」

「そうか。それは興味深い見解だな」

クリストファーの率直《そっちょく》な返答に、ロデリックはむしろワクワクした様子で両手を擦り合わせた。

一方のフランシスは、顰めっ面のままで兄を窘《たしな》める。

「陛下、やはり試食は我々だけで。一国の王が、このようなものを食して体調を崩されることがあっては……」

だがロデリックは、いつもの陰鬱《いんうつ》な面持《おもも》ちはどこへやら、どこか子供じみた笑顔で言い返した。

「何を申すか。いかなる立場の者であれ、我が国の民に違いはない。民が口にするものをわたしが口にできぬ法はなかろう」

「されど」

「よいのだ。アスマ、今日、そなたに来てもろうたのは他でもない。くだんの計画……何と申したか、そなたの世界の言葉で言うところの」

遊馬はピンと来て、軽く身を乗り出した。

「もしかして、『地下牢《ちかろう》で囚人体験ツアー』のことですか？」

「それよ。既《すで》に周辺の国々に噂《うわさ》が広まり、評判になっておるのだ。『いつから始めるのか』『いかばかりかかるのか』と、問い合わせも多く寄せられておるらしい」

ロデリックは珍しく、喜びの感情を隠すことなくそう言った。

嵐によって甚大《じんだい》な被害を受けたこの小さな島国を建て直すためには、莫大《ばくだい》な財力が必要となる。

そのための低コストな方策として、遊馬は、「城の地下牢に観光客を入れ、リアルな囚人体験を楽しんでもらう」というあまりにも奇抜《きばつ》な観光プランを提案した。

てっきりセキュリティ上の理由で却下《きやっか》されるとばかり思っていた遊馬だが、「囚人体験なのだから、参加者全員を鎖に繋《つな》いでおけば、保安上も問題はなかろう」というフランシスのアイデアが加わり、この斬新《ざんしん》なアトラクションが実現されることとなったのである。

「無論、地下牢とはいえ城内に人を入れるのだ。警備には、念には念を入れねばならぬ。されど一方で、体験した者たちからよき評判が広まるよう、そなたがよく申す『楽しませる』こともまた肝要《かんよう》と思うてな」

ロデリックの言葉に、遊馬は深く頷《うなず》く。

「はい。地下牢での囚人体験は結構なホラー……ああ、ええと、恐怖でしょうけど、それだけだと『酷い目に遭《あ》った』という感想しか出ないですもんね。何か目新しくて、面白くて、楽しい経験も必要……あっ」

遊馬の視線は、湯気と共に悪臭を漂わせ続ける料理に落とされる。

「もしかして、地下牢で参加者に食事を提供しようと思ってらっしゃいます？」

ロデリックは我が意を得たりと頷く。

「左様《さよう》。囚人体験というなら、やはり囚人として食事を味わうことも必要であろうと思うてな、実際に、今日、囚人どもに出されるのと同じ料理を運ばせた。これより、皆で試食しようと思う」

「なるほど！」

ようやく事情が呑《の》み込めた遊馬は、再度、しげしげと煮込み料理を見た。

「僕も、この世界に来るなり投獄《とうごく》されたんで、何回か食べましたよ、監獄めし。ここまで酷い臭いの奴はでなかったのでよかったですけど、カチカチの魚の干物とか、カチカチの干し肉とか、カチカチのパンとか……」

「歯はすり減ろうが、顎《あご》は鍛えられような」

大真面目《おおまじめ》な顔で応じるフランシスが可笑《おか》しくて、遊馬は苦笑いで同意する。

「そうですね。温かいものが食べたいなって思ってたから、こういう煮込み自体は嬉《うれ》しいでしょうけど……」

するとクリストファーが、苦々しげな顔つきで口を挟んだ。

「温かいものなど、出るものか。囚人たちに配る頃には、氷のように冷えているぞ」

「あ、そうか。これで冷えてたら、百倍つらそう。……とにかく、現物を食べてみろってことですね？　食欲は湧きませんけど」

クリストファーは、他の二人にも聞こえるよう、低いがハッキリした声で告げた。

「俺とアスマは食いますが、お二方は、決してご無理をなさらず」

するとロデリックは、涼しげに微笑《ほほえ》んでスプーンを手にした。

「なんの、わたしも一度は投獄された身、元囚人としては、懐かしき味であろう」

懐かしき味、というのは、ロデリック流の冗談である。

父王殺しの濡れ衣を着せられ、しばらく地下牢暮らしを余儀《よぎ》なくされていた彼だが、お気に入りの書物や酒、食料はクリストファーがせっせと差し入れしており、それなりに優雅に過ごしていたことを、隣の牢に入れられた遊馬はよく知っている。

だが当時、ロデリックが囚われの身となる原因を作った当の本人であるフランシスは、ぐう、と変な呻《うめ》き声を漏《も》らした。

「あ……兄上がそう仰《おっしゃ》るのであれば、このフランシスもあの件の責任を取り、この一椀、すべて平らげましょうや。あの頃の兄上のお苦しみのほんの一端であろうとも、この身で味わわねば」

兄を陛下と呼ぶことすら忘れて、フランシスは必死の形相《ぎょうそう》でスプーンを椀に差し入れた。

遊馬は慌《あわ》てて制止しようとする。

「もう責任は十分取ったじゃないですか。無理しないでください。確かに試食は必要なので……全員で、ちょっとだけ。ほんの一口だけいただきましょうよ。試食っていうか、味見の感じで」

一度は意気込んだフランシスも、遊馬の助け船にあからさまにホッとした顔をする。

「む、そうか？　そう……だな。アスマがどうしてもと言うなら」

「どうしても、です！　僕たちはともかく、お二人がお腹《なか》を壊したら、たちまち国が傾きますからね。アトラクションどころじゃなくなります」

「それもそうだな。……されば」

「ほんの少し、食すことと致しましょう」

兄弟は仲良く、鷹匠師弟はおそるおそる、それぞれスプーンで煮込みを掬《すく》い取った。そして、ほぼ同時に口に入れる。

「!?」

四人の目がカッと見開かれたのも、慌てて水の入ったゴブレットに手が伸びたのも、ほぼ同時だった。

ごくごくと水を飲んでから、最初に口を開いたのは、遊馬だった。

「これは……豆の味が物凄《ものすご》く濃いのと、おそらく内臓の最初の洗浄が不十分なせいで、臭《くさ》みがめちゃくちゃ出てて……。あとなんか、キャベツ的な癖《くせ》のある野菜の臭いも加わって、あってはならないハーモニーになっちゃってますよ。モツも小さいのに硬くて、いつまでも飲み込めなそう。囚人に、こんなまずいものを？」

「実に正確な評価だな、アスマ。隅《すみ》から隅まで同感だ。硬すぎる肉は、水で流し込んでしまったが、まだ口の中に臭みが残っておるわ」

常に冷静沈着、ポーカーフェイスのロデリックも、さすがに口元を歪め、また水を飲んだ。

フランシスは、長衣の隠しポケットから小さくて美しい螺鈿細工《らでんざいく》の小箱を取り出し、中に入っていた砂糖菓子を、口直しに全員に配りながらぼやいた。

「罪を犯した者どもを、美食でもてなすわけにはゆくまい。されどこれは、あまりに酷いな。食は心身を養うもの、かようなものを食しておっては、償いの心も育《はぐく》まれるまい。如何《いかが》お考えですか、兄上……いや、失礼仕《つかまつ》りました、陛下」

砂糖菓子の甘さで冷静さを取り戻し、ようやく職務を思い出した弟を面白そうに見やり、ロデリックは自分も甘い菓子を無造作に口に放り込んで答えた。

「よう言うた。そなたの申すとおりだ。罪人どもに罰を与える必要はあろうが、わざとかような飯を与え、体力気力を削《そ》ぐ必要はあるまい。罪人どもは、民の税で養われる身の上である。贅沢《ぜいたく》は厳に排さねばならぬが、民のために粉骨砕身《ふんこつさいしん》して働くことで罪を償えるよう、今少し健《すこ》やかな食事に改善されるように計らえ、クリス」

「かしこまりました。早急に」

クリストファーは恭《うやうや》しく主君に返事をして、四人の前から恐ろしい煮込み料理をサッと回収した。

食器をトレイに集め、テーブルの上の呼《よ》び鈴《りん》を鳴らすと、ようやく使用人たちが入ってきた。彼らは、ごく控えめに驚きつつ悪臭を放つ料理を持ち去り、テーブルの上に改めて料理を並べ始める。

どうやら、この恐ろしい試食会は、「午餐会」の前菜だったらしい。

四人の前には、頭を取った魚のローストと、茹《ゆ》でた芋《いも》や青菜が載った皿が置かれた。

魚の腹には、内臓を除いたあとに香草がたっぷり詰め込まれていて、その爽《さわ》やかな香りが、室内に澱《よど》む臓物の臭いを追い払ってくれる。

味付けは塩だけだが、新鮮な白身魚は、それだけで十分に旨《うま》い。パンの代わりに添えられたふかし芋も、魚にかけられたオイルをつけて食べると、お洒落《しゃれ》な味と言えないこともない。

　今度こそ、質素だが申し分ない食事を楽しみながら、フランシスはこう切り出した。

「試食しておいてよかった。さすがにあれを、囚人体験の客たちに出すわけにはゆかぬな」

　遊馬も、それにはハッキリと同意した。

「あれは……さすがに大事なお客さんがお腹を壊してしまいますね。わざわざ囚人体験を楽しみたいお客さんは、皆さんセレブ……あ、いや、そこそこ上流階級やお金持ちの方たちでしょうし。もしかしたら、多少まずいものを食べてみたい、みたいな気持ちはあるかもですけど、さっきのは行き過ぎですよ」

　ロデリックとフランシスは揃《そろ》って頷く。しかしクリストファーは、控えめに異議を唱えた。

「ですが、客人たちを囚人として遇《ぐう》する以上、贅沢な食事でもてなしてしまっては、むしろ興を削ぐことになりますまいか」

　それには、フランシスがすぐに反論した。

「かといって、今我々が食しておるような、何の変哲もない質素な料理では、まったく面白みがあるまい」

「むむ、確かに。粗末すぎても贅沢でも、はたまた普通でも、囚人体験の客人にはふさわしくない……ということになりますな」

「そなたの申すとおりだ、フォークナー。これはいささか悩ましい問題であるな」

「まことに」

クリストファーとフランシスは、困り顔を見合わせる。

しかし、ロデリックは平然として、視線を遊馬に据えた。

「ゆえにそなたを呼んだのだ、アスマ」

手でむしった魚を手元に残しておいた雑穀パンに挟み、即席のサンドイッチをうまうまと頬張《ほおば》っていた遊馬は、ビックリして目を白黒させた。

「はひ?」

思わず、口の中がまだいっぱいのまま返事をして、オイルで汚れた手で自分を指さす。

そんな無礼はいっさい咎《とが》めず、ロデリックは陰鬱な顔を楽しげにほころばせ、頷いた。

「さよう。かつて重要な宴席の献立《こんだて》を見事に考案し、贅沢には慣れきっておるはずの客人たちの舌を満足させたそなただ。此度も、囚人体験を欲する物好きな連中を大いに喜ばせる料理を考えつくに違いないと思うてな」

「ちょ……ちょっと待ってください」

クリストファーが差し出してくれたゴブレットを受け取ってワインの水割りを飲み、口の中のものを喉《のど》へ押し流した遊馬は、慌ててロデリックに言い返した。

「確かにこの世界に来てからは、何でも屋さんみたいになってはいますけど、僕、本来はしがない医学生ですからね！　医学についてはそこそこの知識がありますけど、その他はむしろ世間知らずっていうか、この世界の人たちに比べたら、生き抜くスキルも低いし」

「そなたの無知・不器用自慢を聞く気はないぞ、アスマ。実際に、そなたはこの世界で堂々と生き抜いておるし、わたしの命を救ってくれさえしたではないか。わたしが今、こうして王座にいられるのは、そなたの鋭い見立てで、父王の死因を明らかにしてくれたからこそであるぞ」

「それとこれとは……」

　ロデリックは、遊馬が張ろうとした予防線を、いとも容易《たやす》く断ち切り、涼やかに笑う。

「別、でもあるまい。ここはまったく違う世界を生きてきたそなたであればこそ、此度の、地下牢を罪人でもない者どもに楽しませるなどという斬新な思いつきができたに違いない。なれば、食についても、我等が目を剝《む》くような献立を考えつくことが……」

「無理、絶対無理です。僕、食には本来、かなりコンサバなんですよ」

「こん……さば？」

　耳慣れない言葉に首を傾《かし》げるロデリックに「すみません、保守的って意味です」と律儀《りちぎ》に説明して詫《わ》びつつ、遊馬は助けを求めるように師匠のクリストファーを見た。

「元の世界でも食通にはほど遠かったですし、あんまり流行の食べ物に飛びつくこともしなかったし……」

「されど、そなたの思いつきは、常に我等を驚かせ、面白がらせ、ときに困惑させる。そして結果として、我等の目を大きく開かせ、前へ進ませてくれるのだ、アスマ。此度も、その喜びをわたしに味わわせてはくれぬか」

このとおりだ、と、ロデリックはほんの一センチほど、顎を引いてみせる。

国王のその仕草は、一般人における「何卒《なにとぞ》、何卒よろしくお願い致します」レベルであることは、もはや遊馬もよく理解している。

実際、「王たる兄上に頭まで下げさせて断ろうものなら、即、殺す」くらいの視線が、宰相であり、今は兄大好き弟でもあるフランシスのいるほうからぐさぐさ突き刺さるのを感じる。

（この世界の人たちは、「議論の際は、相手を追い詰めてはいけません」って教わってないんだな！）

昔、親に注意されたことなどを唐突《とうとつ》に思い出しつつ、遊馬は実に曖昧《あいまい》に、首をやや斜め気味の縦に振った。

「わ……かりました。あんまり期待されると困りますけど、考えてはみます」

「おお、それでこそアスマだ。楽しみにしておるぞ」

ロデリックは満足げにそう言い、フランシスも、たちまち輝くような笑顔になる。

「そなたなら、囚人に与えるにふさわしい見てくれ、されど口に入れれば、富裕層の客人が食すにふさわしい食事を考えつくに相違ない」

ロデリックは、やや人の悪い笑みを浮かべてそう言った。遊馬は、盛大に迷惑そうな膨《ふく》れっ面《つら》をする。

「それ、ご自分で言っても、ハードル高いなって思いませんか？　もう、僕を試しすぎですよ、皆さん」

しかし、いつも遊馬の味方になってくれるクリストファーですら、「とにかく引き受けろ」と言わんばかりの目配せをしてくるので、遊馬に逃げ場はない。

「はあ、もう。僕は素人《しろうと》ですって言いましたからね？　頑張りますけど、本当に期待しすぎないでくださいよ？」

あまり意味のない念押しをして、遊馬は急に味がしなくなった、美味《おい》しいはずの魚サンドイッチをヤケクソの勢いで頬張ったのだった。

その日から、日頃の細々した仕事を終えた夜の自由時間に、遊馬の「見た目囚人用、味は客人用」メニューの開発が始まった。

まさに、「言うは易《やす》く行うは難《かた》し」である。

医学生である遊馬は、「味」というのは、味覚だけでなく、嗅覚《きゅうかく》も合わせて脳が評価するものであると知っている。

さらに、「美味しそう」と視覚が添える情報も、味を引き立てるための重要な要素だ。

その視覚情報をわざわざ「まずそう」にして期待値を下げ、しかし味覚と嗅覚では「美味しい」と感じさせなくてはいけない。

「これが、日本のグルメ料理番組で、豪華な食材を取っ替え引っ替えできるなら、まだ僕にだって、どうにかなるかもしれないけど」

遊馬は何十回目かのぼやきを口にして、溜め息をついた。

この十日ほど、毎夜、クリストファーの助力を受けつつ、彼はアイデア出しと試作を繰り返してきた。

フランシスからは料理番を通じ、あれこれと使用可能な食材が届けられる。

現代日本のように、ハウス栽培《さいばい》の恩恵を受け、どんな野菜でも通年手に入るというわけではない。

夏が過ぎると、どうしても限られた葉物野菜と、保存性の高い根菜、あとは干した野菜や茸《きのこ》が中心になってくる。

主菜用の肉や魚にも、制限がある。

小さな島国ゆえ、家畜の数はどうしても限られる。安定した品質の肉類を、長期にわたり客人に供給するのは難しい。比較的自由に使えるのは鶏卵《けいらん》くらいのものだ。

島の近海で獲《と》れる魚介を主菜に用いるように、しかも、種類が多少変わっても対応できる献立にするように……というのが、フランシスから追加で下った命令である。

「ほんと、好き放題言ってくれちゃって！」

「まあ、そう言うな」

今日も、干し茸を湯で戻しながら、思わず悪態をついてしまった遊馬を、クリストファーは困り顔で宥《なだ》める。

「だって……！　条件が厳しすぎるんですよ。フランシスさんは自分で料理しないからわからないけど、料理番さんからは、『お客さんたちの分を、まとめて料理できる献立じゃないと駄目だよ。あと、前もって作っておけるようにしといておくれ。お出しする前に温めたり焼き上げたりすりゃいいだけってのがいいね』って、追加の条件が来てるし」

「それは道理だしな」

「ですよね。厨房《ちゅうぼう》のスタッフの人数は限られてるわけだから、仕込みは前もってやっときたいですすもんね」

冷静なクリストファーと話すうち、遊馬の眉間《みけん》の皺《しわ》も薄くなっていく。クリストファーは、慰めるようにこう言った。

「試作のおかげで、ここしばらく、俺たちの夕飯は豪華だ。それだけでもありがたいと思わねばな」

「それは確かに。だけど、まずそうに見える美味しいものって、ほんとに難しいです」

「む……」

クリストファーも困り顔で、遊馬の隣に立ち、腕組みをした。

簡易で狭い台所に二人並ぶと、いくら遊馬が小柄でも、文字どおりのギチギチである。

調理台を照らすのが、魚油《ぎょゆ》の灯《あか》りひとつというのが、また悲愴《ひそう》感に追い打ちを掛ける。

「そうだな。これまでお前が作ってきた料理は、どれも旨そうに見えてしまっていたからな。とても囚人が食うものには見えん」

「ですよねえ。お魚も貝も新鮮だから、焼いても煮ても普通に美味しそうなんですよ。はあ、どうしたらいいかなあ」

遊馬はまた嘆息《たんそく》した。

　クリストファーはしばらく考え込み、そして重い口を開いた。

「俺は料理はからっきしだから、ろくな助言はできんが……。いっそ、お前が元の世界で食っていた料理というのはどうだ？　俺たちは食いつけていないから、旨そうに感じないかもしれんぞ」

　遊馬は、眼鏡《めがね》の奥のつぶらな目を瞠《みは》った。

「あ、なるほど！　でも……僕が元の世界で食べていたもので、まずそうに見えて美味しそうなもの……？　うーん、思い当たらないなあ。ごくありふれたものを食べてたから……ん？」

　急に上擦った声を出した遊馬に、クリストファーは期待の眼差《まなざ》しを向ける。

「何か思いついたか？」

「いえ、思いついたっていうか、思い出したっていうか。いっぺんだけ、もうドクターになった大学の先輩に、凄く豪華な食事に連れていってもらったことがあるんです」

「豪華……羊を丸ごと開きにして焼いたようなものか？」

「そっち方向じゃなくて」

　いかにもこの世界の人間らしいクリストファーの言葉に、遊馬はクスッと笑って答えた。

「再構築っていうんですかね。そういうジャンルの料理らしいんですけど」

「さい、こう、ちく」

「再び組み立てる、って感じの意味です」

「どういうことだ?」

「豪華な料理って、色んな食材を合わせるじゃないですか」

「うむ」

「それを、いったん個々の素材に分けて、それぞれ違うやり方で料理して、また集合させる……。そうすると、同じ材料、同じメニューでも、全然違う感じの食べ物になる。そんな感じかな」

「……わからんな」

クリストファーは、盛んに首を捻《ひね》る。

「たとえば、冬の間によく作る、芋と葱《ねぎ》と塩漬け豚のスープがあるじゃないですか。水に、材料を全部放り込んでことこと煮るだけの」

「うむ」

「あれを、芋は暖炉《だんろ》の灰の中で丸ごと蒸し焼きにする。葱はくず野菜のスープの中で柔らかく煮る。塩漬け豚は薄切りにして炙《あぶ》る」

「面倒だな」

「まあまあ。そうしておいて、食べるときにすべてを合体させると……どうです？　とろとろの葱、ほっくりのお芋、カリカリの塩漬け豚が合わさって、全部一緒に煮込むより美味しそうでしょ？　食感も面白いだろうし。再構築のよさって、たぶんそういうことだと思うんです」

　暗がりの中で、腕組みをしたまま暫《しばら》く天井を見上げていたクリストファーは、遊馬に視線を戻すと「旨そうだな！」と短く、しかし力強く同意した。

「でしょ！」

「いや待て。しかし、想像するだに旨そうだぞ。それではいかんだろう」

　クリストファーの指摘に、遊馬はガックリ肩を落とす。

「あああ……そうか。駄目だ。う～ん、再構築なら、それぞれの要素を前もって仕込んでおけるから、大量に調理するときの方法としては最適だと思ったんだけど……。一見、まずそうにしなきゃいけないんでしたね。あ、ちょっと待ってください。ここにあるもので試してみようかな」

「む？　試すなら、手伝うぞ。何をすればいい？」

　何かを思いついたらしき遊馬を、クリストファーは嬉しそうに見やる。

「そうですね、料理を盛りつけるものを……できたらお皿がいいんですけど。大きめの、ちょっと深さのある」

現代日本でよく見るカレー皿のサイズと深さを手で示す遊馬に、クリストファーは少し考えてから頷いた。

「それなら、親父《おやじ》が昔、木彫りで作ったものがあったはずだ。探してこよう」

クリストファーはそう言って、予備の灯りに火を灯《とも》し、小屋の外に出ていった。

おそらく、裏手の物置へ行ったのだろう。

「さてと。僕がご馳走《ちそう》になった再構築料理は、青椒肉絲《チンジャオロース》だったんだけど……この世界の人には、何がいいかな。大量調理となると、やっぱり煮込みだろうな」

先日の「試食会」で供《きょう》された、恐ろしい見てくれの煮込み料理を思い出し、遊馬の童顔に苦笑が浮かぶ。

「あそこまでまずそうにはできないけど、この世界の人にとっては、見慣れない、食欲をそそらない外見にすることならできるかも」

そう呟《つぶや》きながら、遊馬は戸棚《とだな》から、食用油の壺《つぼ》と、小麦粉の壺を取りだした。そして、それらを抱えて暖炉のほうへ行き、さっそく調理に取りかかったのだった……。

「あったぞ！」

クリストファーが、首尾よく探し物を見つけて戻ってきたとき、遊馬はやはり暖炉の前で、料理の真っ最中だった。

クリストファーは鼻をうごめかせ、不思議そうな顔をしながら遊馬に近づいた。

「皿はこれでいいか？」

クリストファーが見せた無骨な木製の皿を見て、遊馬は笑顔で頷いた。

「ああ、いい感じです！　ありがとうございます」

「お安いご用だ。そして……何か不思議にいい匂《にお》いだな。初めて嗅《か》ぐ感じだが」

「ふふ、そうですよね。僕がいた世界の、僕が育った国では、かなりお馴染《なじ》みの料理なんですけど」

そう言って、遊馬は鉄鍋《てつなべ》の中身をクリストファーに示した。手持ちの薄暗い灯りをかざして鍋の中身を覗き込んだクリストファーは、うわっと驚きの声を上げてのけぞった。

それもそのはず、鍋の底でふつふつと煮えている粘度の高そうな液体は、何ともファンシーな、パステル系の紫色をしていたのである。

「な、なんだそれは。食い物か？」

「勿論《もちろん》ですよ。失礼だな。……でも、そのリアクションを見ると、半分は確実に成功ですね。ビックリしました？」

クリストファーは、薄気味悪そうに太い眉《まゆ》をひそめ、頷く。

「そんな色の食い物は、見たことがない。しかも、妙な粘り気があるようだな」

「せめて、とろみって言ってください。もうできますから、お皿を綺麗《きれい》に洗ってきてもらえますか？」

「お……おう」

戸惑い顔のクリストファーが去ると、遊馬は早くも満足げなワクワク顔で、料理の仕上げに取りかかった……。


しばしの後。

遊馬とクリストファーは、いつも食事をするテーブルに差し向かいに着席していた。

それぞれの前には、荒々しい彫りではあるが、ディナープレートくらいのサイズの立派な皿が置かれている。

「さて、では、お夜食になっちゃいましたが、いただきましょう！」

遊馬は、いい笑顔でそう言い、両手を合わせた。一方のクリストファーのいかつい顔には、「不安」とでかでかと書いてある。

「ち、馳走に、なる。ならねば……ならんな？」

「当たり前でしょ！　メニュー開発においては、僕ら、一蓮托生《いちれんたくしょう》ですよ」

「む……うむ」

「大丈夫です、たぶんまずくは……ない、と思います」

「そこは断言してくれ」

やはり浮かない顔ながら、クリストファーは覚悟を決めたらしく、スプーンを手にした。

それでも料理にすぐ手をつけることはせず、見慣れぬ虫を見るような目つきで、皿の上を見下ろす。

それもそのはず、皿の上にあるのは、料理と呼ぶには怪しげなものばかりだった。

まずは、先刻の紫色の粘り気のある煮込みのようなものが、皿の中央にたっぷり盛りつけられている。

そしてそれをぐるりと取り囲むように配置されているのは……。

バリバリに割れた、茶色い板きれのようなもの。

毒々しいピンク色の葉野菜のようなもの。

茹でてほぐしただけの白身魚に、やはり茹でたオレンジ色の貝の身、そして、黄色がかった燻製《くんせい》の青魚の身を雑にむしったもの。

あとは、あれこれ根菜類を茹でて潰しただけの、白や黄色やオレンジが入り混じった奇妙なペースト。ヒョロヒョロした干し茸。

およそ食欲をそそらない、不気味な色と無骨な形状の取り合わせである。

「どうです？　囚人食って感じがしますか？」

スプーンを中途半端に持ち上げたまま動きを止めたクリストファーに、遊馬は訊《たず》ねてみた。

クリストファーは、あからさまに躊躇《ためら》いがちに答える。

「囚人に食わせるものとそっくり同じとは言えんが、少なくとも豪華なご馳走ではない。客人たちが、日常的に口にするものとも、到底思えん。そうだな。少なくとも、客人に振る舞うような料理では……ないな」

「なるほど、それで？」

実に丁寧《ていねい》に貶《けな》されているのだが、遊馬はむしろ嬉しそうに先を促《うなが》した。

クリストファーは、気まずそうに咳払《せきばら》いして、こう続けた。

「そういう意味では、『贅沢でなく、普通すぎも粗末すぎもせず、珍奇であり、客人の好奇心を刺激する』料理ではある……と思う。それに、匂いは悪くない。味のほうは、食ってみないとわからんが」

「今のところ、合格ラインですね。じゃあ、食べてみてください」

遊馬にせかされ、クリストファーは再び困惑した様子で眉根を下げた。

「これは、どうやって食えばいいんだ？　さっきお前は、再構築なんとかと言っていたな。料理を要素に分けると。確かにそういう気配はあるが……」

「はい。まずは、そのピンク色の野菜だけそのままにして、あとはぐっちゃぐちゃに混ぜちゃってください！」

「混ぜる……？　そんな無作法《ぶさほう》なことを？」

「お上品な人たちほど、そういうマナー違反をやってみたくてもできない立場でしょ？　堂々とやれることに、ワクワクすると思うんですよ」

「な……なるほど。では、やってみよう」

いかにも怖々《こわごわ》ではあるが、クリストファーは遊馬の指示どおり、紫色の濃いとろみのついた汁と、他の食材を絡めるように混ぜ合わせ、思いきったようにたっぷりひと匙《さじ》分を口に入れた。

ゆっくりと咀嚼《そしゃく》した彼の目が、大きく見開かれる。

「む……！　これは」

「どう？　どうですか？」

身を乗り出して感想を待つ遊馬をまじまじと見て、クリストファーは信じられないといった顔つきで呻くように言った。

「旨い」

「マジで！　やったー！」

遊馬は珍しく喜色満面《きしょくまんめん》で、大きなガッツポーズをする。

クリストファーは、二口、三口とスプーンを忙しく口に運び、幾度も頷いた。

「本当に旨い。旨いが、食ったことのない味だ。これはいったい何だ、アスマ？」

問われて、遊馬はちょっと得意げに種明かしをした。

「これ、僕流の再構築フィッシュパイ、なんです」

「フィッシュパイ？」

「その名のとおり、魚のパイです。本当は、魚介のクリーム煮にマッシュポテトを分厚く載っけて、オーブンで焼くんですけど、少しアレンジしてみました」

そう言うと、遊馬はまだ手をつけていない自分の皿を指しつつ説明を始めた。

「この紫色のは、紫キャベツのクリームシチューです」

「紫キャベツは知っている。この紫は、その色か！　しかし、くりいむ……しちゅう？」

「今日届いた食材の中に、牛乳があったので、少し使うことにしました。貝と魚と干し茸と野菜でスープを取って、具は取り除けて。そこに、牛乳とどっさりの紫キャベツを足して煮て、小麦粉を油で炒《いた》めながら練《ね》ったルゥでとろみをつけたんです」

「……なんと。この紫色の怪しい汁は、そんな手の込んだものだったのか」

「ふふ、実はそうなんです。あと、汁にとろみをつけると、料理を盛りつけやすいし、冷めにくくなります。熱々は囚人食っぽくないですけど、やっぱりお客さんには、それなりに温かい料理をお出ししたいですし」

「間違いない。そこまで考えていたのか。そして、この具材は……」

「出汁《だし》を取ったあとの具材を、別々に盛りつけてみました。それに加えて、食感に変化がほしいので、前にお城の料理番さんからいただいた、旅行用のクラッカーを割って添えてみたんです。しっかり焼いてあるから、シチューに混ぜてもしばらくはパリパリのままですし」

「この、木屑《きくず》のようなものが、そうか」

「そうそう。敢《あ》えて美味しくなさそうなビジュアルを狙ってみました。あと、混ぜずに残してもらったピンク色のは、やっぱり紫キャベツです」

「……紫ではなく、桃色をしているが？」

「そこは化学反応を活用しました！」

「かがく、はんのう」

さっきから初めて聞く言葉をオウム返しにしてばかりのクリストファーに、遊馬は少しだけ得意げに答えた。

「紫キャベツの紫はアントシアニン由来なので、アルカリを加えたら黄色に、酸を加えたらピンクに色が変化するんです。なので、さっと茹でてお酢と砂糖で味付けして、色を鮮やかなピンクに変えてみました。箸休《はしやす》めの酢の物……いや、ピクルスってところですかね」

「なる……ほど？　いや、お前の言うことはさっぱりわからんが、酢と砂糖だけはわかる」

用心深く、ほんの少しを口に入れたクリストファーは、たちまち大きく頷く。

「うむ、これは馴染みの味だ。汁が濃厚だから、これで口の中がさっぱりするな」

「それも、狙いどおりだ！　お酢の殺菌《さっきん》効果で、傷《いた》みにくいのもいいかなと思って。早くに作っておいたほうが、味が馴染んでもっと美味しくなると思いますし」

遊馬の説明に、クリストファーは料理を頰張りながら、感心しきりで何度も首を振った。

「今度ばかりは無茶な命令だと思ったが、お前はまたしても立派にやりとげたな。これなら、国王陛下も宰相殿下もお喜びになるだろう。囚人体験を心待ちにしている人々もまた、驚きに目を瞠り、食って歓声を上げるに違いない」

クリストファーは常に実直で言葉を飾らないので、彼の賛辞には何の誇張も偽《いつわ》りもない。

遊馬は嬉しさで顔を上気させつつ、照れ隠しに眼鏡を僅かに押し上げた。

「これなら、だいたい安定して手に入る食材で大量に調理できるし、厨房のスタッフなら楽勝レシピだと思うので。驚いて、ちょっと怖がって、でも食べて喜んでもらえるメニューになったんなら、よかった！」

「俺の反応を見ていれば、そこは確実だとわかったろう。うむ、明日の朝、さっそくフランシス様にご報告申し上げて、試食の機会を設けていただこう」

「はいっ」

ようやく肩の重荷を半分下ろせた気分で、遊馬は自分の分にも手をつけようとする。

だが、クリストファーはふと真顔に戻って、「しかし……」と言った。

「え、どうしました？　まだ、何か問題が？」

サッと不安げな表情になる遊馬に、クリストファーは真顔で言った。

「料理には、名前が必要だろう。これは何と名付ける？」

「ああ、そうか。再構築フィッシュパイ……じゃ、何のことかわかんないですよね」

「わからんだろうな。俺も、その再構築とやら、理解しきれてはいない」

「じゃあ……うーん、そうだなあ」

遊馬はしばらく考え、悪戯《いたずら》っぽい笑みを浮かべて口を開いた。

「じゃあ、『特製囚人めし・お皿の上で作る魚介のパイ』でどうですか？　ちょっと美味しそうな響きでしょ」

「なるほど。それならわかりやすいな。よし、それでご報告申し上げるとしよう。ところで」

「はい？」

「もう少し、料理の余分はあるか？　やんごとなき方々に試食していただくものだ、今一度、味を確認しておきたいんだが」

もっともらしく言っているが、本音は「もっと食べたい」であることは、クリストファーの期待の眼差しを見れば火を見るよりも明らかだ。

「勿論！　お皿、貸してください。盛りつけてきます」

遊馬も晴れ晴れとした顔で立ち上がり、クリストファーが差し出す皿を、両手を伸ばして受け取ったのだった……。

しあわせのパン

須賀しのぶ

Suga Shinobu

パン工場は、休むことなく稼働している。

厳選された素材から生み出された材料の計量から始まり、生地がこねられて等分され、丸いパンが成形される。

明るい光の中、常に轟音《ごうおん》鳴り響くこの巨大な工場を、ヒューは心から愛していた。常に清潔で、賑やかで、厳然たる秩序がある。なによりこの工場ひとつで、約十万の国民全ての食をまかなっているのだ。その誇りが、工場で働く者たちの顔を輝かせている。巨大な機械たちも、きっと同じ。無機物とて、慈《いつく》しみ大切に扱い続ければ心は宿るのだ。

ヒューは、この工場の全てを愛していた。生地をこねる機械の轟音も、監督する人間たちも、そしてできたてのパンの甘い香りも。

ここでつくられるのは、『しあわせのパン』だ。国民の肉体を健やかに育み、維持するための要素が過不足なく入っている。別工場で生産されるお茶も大切だが、やはり食の根幹を成すのはパンだ。このパンこそが、民を守っている。

健全な肉体には健全な精神が宿る。ヴィチノの国民は皆、心も健やかだった。犯罪など存在しない。心やさしく、勤勉で、笑顔が絶えない。そこかしこで楽しそうな笑い声が響き、歌声が聞こえる。

かつてここが流刑地だったと誰が信じるだろう。枯れた土壌に育つ植物は極端に少なく、常に食べ物を巡って争いが起きていたのは、遠い過去のことだ。

この国は美しい。そしてこの美しさを支えているこのパン工場こそが、最も美しい。これほど美しい場所に身をおく幸せを、ヒューは今日も嚙《か》みしめる。漂う甘い香りに包まれキッチンに向かえば、あと十分で正午だ。「管理官は時間に厳しいから一分のズレもダメ」と先輩秘書のミミアに念を押された通り、時間ぴったりになるよう準備を済ませ、部屋へと向かう。

「ああ、ヒュー。ごくろうさまです」

いつものごとく書類仕事に忙殺されていた初老の紳士は、手を止めて微笑《ほほえ》んだ。名は──あるのかもしれないが、誰も知らない。彼はただ「管理官02」と呼ばれていた。管理官についてヒューが知っているのは、彼が人間ではないということぐらいだ。

「お疲れ様です。昼食をお持ちしました」

メニューは毎日同じ、パンとお茶。それだけだ。昼食だけではない。ヴィナノでは一日二食いずれも同じ。年齢ごとに大きさに違いはあるものの、それで充分腹は膨れる。管理官は短く礼を述べ、食べ始めた。まずお茶を一口飲み、それからしあわせのパンをちぎって運ぶ。黙々と繰り返す様を、ヒューはじっと見守っていた。

食事時は、喋《しゃべ》ってはいけない。しっかり嚙んで、食べることに集中しなければならない。それは最も重要な生命活動である。

ヴィチノでは誰もが知る作法だ。他の星では、複数人で食卓を囲み、喋りながら食べ進める習慣もあるという。実際に映像で見て目を疑った。なんと非合理的なのかと思った。時間も手間もかかる。食に感謝するためにも、しっかり噛みしめて食べるべきなのに。歓談は、食後に好きなだけすればよい。なにより、笑い喋りながら食べる様は、とうてい美しいとは思えなかった。

それに比べ、管理官の姿のなんとすがすがしいことか。背筋をぴんと伸ばし、パンをしっかり噛んで味わい、茶を上品に啜《すす》る。十分程度の食事を締めくくるのは、『しあわせのしずく』だ。ヴィチノ花からつくられたこの甘いお茶は、心を穏やかにしてくれる。管理官はカップの中身をゆっくりと飲み干すと小さく息をつき、ヒューに目を向けた。

「何度も言っていますが、待っていなくていいのですよ。退屈でしょう」

「ご迷惑でなければどうかこのままで。私の一番の楽しみなのです」

ヒューはポットを手に進み出て、白いカップにおかわりを注いだ。お茶だけの時は、喋ることは禁じられていない。ヴィチノ花の甘い香りがあたりに漂った。

「何が楽しいのかわかりませんが……まああなたがいいなら。食事は済ませましたか？」

「この後いただきます」

「ふむ、そうですか。仕事は慣れましたか？　四肢《しし》の稼働に問題は？」

　これも毎日繰り返される質問だ。

「はい、おかげさまで」

「実に結構。ミミアも褒めていましたよ。一度言っただけで完璧に覚え、作業も正確だと。それに力も強くて助かると言っていました」

「それは私の生体義肢が優秀なだけです。管理官には感謝しております」

「脳はほとんどいじっていませんよ。覚えがいいのは、ヒューネの資質です」

「それは、しあわせのパンのおかげでしょう。やはり管理官の恩恵あってこそ」

「はは、あなたはいつも感謝してくれて嬉《うれ》しいですが、謙遜《けんそん》ばかりは感心しませんよ。与えられたものをどう使うかは、本人しだい……」

　管理官の言葉が不自然に途切れた。突然響いた大きな音にかき消されたのだ。同時に部屋が大きく揺れ、ヒューは身構えた。

「なんの音でしょうか」

「さて。何かあれば報告が来るでしょう」

　管理官は眉ひとつ動かす様子はない。が、さきほどより大きな音が響き渡った。破壊と悲鳴だ。ただごとではない。危険があれば、必ず管理官を守らねば。

「管理官！　ヒュー！　大変です！」

　扉のむこうで切羽詰まった声がした。ミミアの声だ。管理官が頷《うなず》くのを確認し、ヒューは扉を開けた。息を呑《の》む。転がりこんできたのは、凄《すさ》まじい形相のミミアだった。

「C区画で突然、暴動が発生しました！　みな武器をもっています、すぐ逃げ……」

　ミミアは最後まで言うことができなかった。鈍い音が響き、細い体が崩れ落ちる。プラチナ色の髪を濡らし、床に広がる血をヒューは茫然《ぼうぜん》と見つめた。ミミアを殴ったのは、よく見知った男だった。この工場に昔からいる、ベテランの社員テミルだ。人望厚く、半年前にヒューが工場にやって来た時もよく面倒を見てくれた。だが、目を血走らせた彼はまるきり別人のようだった。

「悪辣《あくらつ》非道の独裁者め。これ以上、貴様たちの好きにはさせん。我々は目覚めたのだ！」

　銃口が管理官に向けられた。ヒューはとっさに管理官を庇《かば》うように前に出た。かまわず男たちは叫ぶ。同時に銃声が轟《とどろ》いた。

「人類は自由なのだ！」

＊

飾り暖炉《だんろ》の上に、大きな肖像画が飾られている。鮮やかな黄色のツーピースに、きれいに整えられたプラチナの髪。美しいは美しいが、それよりも先に眼光の鋭さに意識が向く造作だ。凝《こ》った額縁の下には、『マダム・ミミ』と表記があった。この客間に入ると真っ先に目につく場所だ。自分の肖像画を最も目立つ場所に飾るセンスはヒューには理解できないが、マダム・ミミはそういう人間ではある。生き馬の目を抜くこの世界で、亡国の移民が一代で成功しようと思えば、それぐらいの胆力《たんりょく》やら自己顕示《けんじ》欲やらは必要なのだろう。この見せつけるような豪華な内装も何もかも、おそらくヒューが普段身を置いている戦場と変わらない。ここにあるもの全てがマダム・ミミの武器なのだ。

ひとしきり肖像画を眺めた後、ヒューは近くの椅子《いす》に座り、懐《ふところ》から茶葉スティックを取りだした。さきほどメイドが淹《い》れたお茶は口もつけぬまま冷めている。招待主が現れたのは、いかにも上等な皿に灰がうずたかく積もったころだった。

「待たせたね。おやま、相変わらずそんな化石を吸っているのか」

ハイヒールの足音とともに豪奢《ごうしゃ》な客間に現れた姿は、肖像画とそっくり同じ。服はインタビュー時と同じイエローだが、デザインが違う。マダム・ミミといえばイエローだ。

美食の女王マダム・ミミ。その名を知らぬ者はいない。同じ名を冠するレストランは、この星はもとより、各居住コロニーにも展開している。

『私は、この国に来るまで食事に多彩な味と幸福があるなんて考えたこともなかった。大切な人たちと、美味《おい》しい食卓を囲む——それが私が夢見た幸せなんだ』

彼女はしばしばそう語り、夢を叶えるために馬車馬のごとく働いた。悪逆な独裁国家に生まれ落ち、亡命した後は不断の努力と感性、そして美貌《びぼう》と社交術でスターダムにのし上がった彼女の半生は、最近エレメンタリースクールの教科書にも載ったらしい。

「人を呼びつけておいて待たせるとは」

「悪かったよ、商談がなかなかまとまらなくてね。ふむ、また何も食べていないのか」

マダムはテーブルの上の菓子やフルーツの山を見て眉をひそめた。

「私は水とエナジーバー、それとこいつ《スティック》以外は口にしない。知っているだろう」

「〝食事を娯楽としてはならない〟」

厳《おごそ》かに言って、マダムはフルーツのひとつを手に取った。

「やっぱり何食べても味しないわけ？」

「ああ」

「じゃあそのスティックは？」

「味はない。呼吸みたいなものだ」

「なるほどね。じゃあさ、これ試してみない？」

マダムは手にした毒々しい色の果実を突き出した。

「初めて発見したやつ。フィウノの森の、うんと高い場所にある稀少《きしょう》な実だ。三年に一度しか花が咲かないんだよ。色は凄《すご》いけど美味しいんだ。もいでから数日おかないと腹下すけど」

フィウノといえば、この星からは最低でも片道二ヶ月はかかる。辺境の惑星だ。相変わらず、未知の食材を求めて駆け回っているらしい。彼女の食への執念は、異常だ。

彼女が二十二歳まで生活していた極小惑星国家では、食べ物は一種類しかなかった。『しあわせのパン』と呼ばれる、完全食だ。来る日も来る日も同じパンを食べ続けた反動かもしれない。

「味がわかるやつにくれてやれ。店に出したらどうだ」

「店に出すほどとれないんだよ」

稀少だという果実を、マダムは無造作に囓《かじ》った。途端に幸せそうに頬《ほお》が緩む。

「甘味と酸味のバランスが最高。フィウノの熱帯雨林で感じる風みたいな味だ。試してみない？　これなら味を感じるかもよ」

「結構だ。用件を話せ」

「傭兵はせっかちでいけないねえ。十年ぶりじゃないか」

「こっちは貴重な休みを潰されたんだが」

「せっかくなら観光でもしたら。この街、なんでもあるよ」

「そんな時間があるなら訓練でもしたほうがマシだ」

「その歳《とし》でまだ頑張るのかい？　自己修復もそろそろ限界じゃないの」

マダムの目は憐《あわ》れむようにヒューの全身を見回した。一見したところ、年齢も性別も不明な若者だ。数度の再生手術を受けたマダムも実年齢よりはるかに若く見えるが、そういうレベルではない。ヒューは歳を取らない。ヴィチノが巨大なスラムだったころ瀕死《ひんし》の重傷を負い、管理官に命を救われた。その時に脳と一部内臓をのぞき、管理官が製作した生体義肢に挿《す》げ替えられている。いつまでも若々しい外見を保ち、たいていの傷も消えてしまうはずが、唯一あらわな顔には大きな傷が残っていた。

「この傷はわざと残している。見た目が若いと舐《な》められるんでね」

「そういうことにしておこう。何度も言ってるけど、うちに来たらいいのに。大事にするよ」

「人間に仕えるのはごめんだ。戦場は同類が多くて気楽でね」

「仕えろなんて言ってないんだけどねえ。友だちだろう」

ヒューの反応はない。マダムは苦笑し、拳《こぶし》より大きな果実を皮ごとぺろりと平らげた。

手を拭き、ヒューの正面に腰を下ろすと、長い脚《あし》を見せつけるように組んだ。

「まあでも、久しぶりに会えて嬉しいよ。ゆっくり食事しながらいろいろ話せたらと思ったんだけど」

「非合理的だな」

ヒューはそっけなく言った。

『幸福な生活とは、まず食事からつくられる。ただし、食事を娯楽として楽しんではならない』

故郷で常々言われていたことだ。

かの国における食事とは、肉体が必要とする栄養素を適時適量に摂取することに他ならなかった。味を楽しむようになると、人は嗜好《しこう》に逆らえず、偏《かたよ》りが生じ、徐々に心身を損ねていく。不健康は必ず精神を乱し、いらぬ不和を引き起こす。肉体をベストな状態で維持する――この根源的な部分を、欲望に負けて疎《おろそ》かにしたからこそ、人類の発展は頭打ちになってしまった。管理官はそう判断した。だからこそ我々は、ここを克服し、完璧に健全な肉体を手に入れ、真実のしあわせを手に入れる。そう教えられてきた。

「いまだにヴィチノの教えに忠実とは恐れ入るよ。あれは単に、ヴィチノで他に食べるものがないことを誤魔化《ごまか》すためのお題目だろう」

「そもそも私におまえたちと同じ味覚を要求するな。用件をさっさと言え、マダム・ミミ」

マダムは虹色に塗った唇を尖《とが》らせた。

「そろそろミミアって呼んでくれない？　ヒューにマダムと言われると背中がぞわぞわするよ」

「ミミアの名は捨てたはずでは？　ヴィチノ風の響きが不快だからと」

「そう言われて封印していた時もあったけど、今は誰も私に文句なんか言わないさ」

ヴィチノ。五十年前まで存在した、特異な小惑星国家である。

元流刑地に突如《とつじょ》降り立った五体の生命体――「管理官」と呼ばれる者たちがつくりあげた都市国家は、あまりにも僻地《へきち》にあったこともあり、長らく表に知られることはなかった。その実態が公《おおやけ》になったのは、内乱で国が崩壊し、星間連合政府の調査隊が入ってからだ。

管理官たちは全員殺され、見せしめに吊るされていたが、その死体を調べたところ、脳をはじめ各所に見たこともない変容が認められたという。「人体に寄生した外部の知的生命体の可能性が高い」と発表されてからは大変な騒ぎになった。異星人による実験施設だの、人類支配の尖兵《せんぺい》としてヴィチノ人が育成されたという噂《うわさ》が乱れとび、最初は同情されていた亡命者が爪弾《つまはじ》きにされるのに、そう時間はかからなかった。だがそれすら踏みつけ、ミミアは君臨している。

「食事は諦《あきら》めるけど、お茶ぐらいはいいだろう？　お茶とお喋りはヴィチノでも禁じられてなかったんだし。昔、仕事の帰りにうちでよくお茶したね。覚えてるかい」

ミミアがベルを鳴らすと、待っていたかのように扉が開き、執事がティーセットを運んできた。だいぶ年老いてはいるが、その顔は忘れない。五十年前、パン工場で叛乱《はんらん》を起こした男だ。ミミアを殴り倒し、そして管理官に銃口を向けた。無数の弾丸は、とっさに立ちはだかったヒューの体を貫通し、そのひとつが管理官０２の頭に命中した。蜂《はち》の巣になったはずなのに生き延びてしまった自分も信じがたいが、この男をずっとそばに置いているミミアの神経はもっと理解できなかった。

『あれは起きるべくして起きたもので、誰か一人が悪いという話じゃない。それでも、これが彼なりの贖罪《しょくざい》なんだろう』

なぜと問うたヒューに、ミミアは一度だけそう言った。実際、執事は非常に献身的だったが、ヒューはどうしてもテミルが許せなかった。早々にミミアのもとから離れ、傭兵となったのは、この男のせいでもある。そうでもしなければ、このありあまる力をもって彼を破壊し尽くしたいという衝動に勝てなかったからだ。

しかし年月というものは偉大なものだ。今はこの顔を見ても、体が燃え立つようなあの怒りは感じない。ただ、ずいぶん歳を取ったなと思う。

「いくつになったんだ、テミル」

声をかけたのは、気まぐれだった。今日までは目が合おうが全くいないものとして振舞ってきただけに、相手も驚いたようだった。一度うかがうようにミミアを見て、彼女が頷くと一礼し、「この春で七十八になりました」と答えた。

「そうか。元気そうで何よりだ」

「五年前に再生手術を受けたおかげです。ヒューネ様も、お変わりなく」

慇懃《いんぎん》なテミルの表情からは、なんの感情も読み取れなかった。よく訓練された執事だ。慣れた様子で茶を淹れると、テミルは音もなくさがっていった。

「珍しいこともあるものだ。ヒューも丸くなったな。いや、単に老紳士ってやつに弱いだけかな？　０２も見た目はそうだったから」

からかう声を聞き流し、薬草のような香りを漂わせる茶を喉《のど》に流し込む。途端に眉根が寄った。

「ミミア、これは」

思わず昔ながらの名前を口にしたヒューに、ミミアは悪戯《いたずら》が成功した子どものような顔で笑った。

「わかる？」

「……『しあわせのしずく』じゃないか」

「そうだよ。せっかく旧友が来るんだ、故郷の味をお出ししたくてね」

ヒューは顔をしかめて、カップをソーサーに戻した。悪趣味だ。しあわせのしずく。ふざけた名前のお茶は、かつてヴィチノで日常的に飲まれていた飲料だ。ヴィチノで開発された薬草を主材料としたもので、現在では栽培が禁じられている。

「なぜこんなものが。ヴィチノのものに手を出せば捕まるだろうが」

「コロニーΣ《シグマ》で流行しているんだよ。もちろん非合法だけど。リラックス効果がある、幸せになるお茶だってさ」

しあわせのしずくは、怒りや悲しみといった負の感情を抑制する。人間性の否定だと憤激したテミルたちによって、畑も工場も徹底的に破壊されたはずだ。

「コロニーΣ……たしかヴィチノの亡命者が最も多かったな」

「そ。まあこういうのは、ヴィチノの外でこそ必要だろうからねえ。禁じられても手を出すやつはいるさ」

ミミアは皮肉げに目を細め、お茶を口に運んだ。細い喉が上下に動く。たしかに必要とする人間は多いだろう。ミミアに必要とは思えないが。

「とはいえΣのものは、ヴィチノ花は使用しているものの粗悪品でね。ヴィチノ花を香り高く育てるのは難しい。それで苗を脅《おど》——いや譲ってもらって、うちの畑で育てたんだ」

「いま脅してと言ったか」

「気のせい気のせい。まあ茶葉は立派に育ったけど、ブレンドがまた至難の業でね。なにしろ味は記憶にあるだけだ。ここに来るまで二年近くかかった。だから感想を聞きたいんだよ」

「……素材、配合、しあわせのしずくと全て同じだな」

ヒューの返答に、ミミアは頬を緩めた。

「よかった。ヒューが言うなら間違いないね。美味しくない？　当時は味がよくわからなかったけど」

「だから私に味を訊《き》くな。素材と配合の分析はできるが、美味《うま》いかどうかはわからない」

「それじゃ困るなあ。次はしあわせのパンをつくろうと思っているのに」

ヒューの眉間《みけん》に皺《しわ》が寄る。

「正気か？」

「もちろん」

ヴィチノを出てから、ミミアは「味」に執着した。何かに取り憑《つ》かれたように食材を買いあさっては料理をし、仲間たちに振る舞った。寄る辺《べ》ない亡命者たちにとって、月に一度の食事会は貴重な情報交換の場でもあり、不満を晴らす大事な時間であったとは思う。

しかしヒューにとっては苦痛以外のなにものでもなかった。味はしないし、ぺちゃくちゃ喋りながら食事をする光景は耐えがたかった。ヒューが傭兵として世界を転々とするうちに、ミミアは店をもち、さらに新しい食材を求めて世界を飛び回り、気がつけば『マダム・ミミ』は巨大企業に成長していた。

味のない世界で生まれ育った人間が、世界を魅了する味をつくる。なかなか皮肉がきいていて悪くはない。だが、しあわせのパンを食べたいなどと一度も聞いたことはなかった。

「世間に知られたら大問題だ」

「もちろん表に出す気はないよ。ただ、認めるのは悔しいが、今あれ以上のパーフェクトフードは存在しない。私たち全員、昔は不気味なぐらい健康でスタイルもよかったじゃないか？」

「いまさらダイエットに興味が？」

「必要ないよ。いいかい、ヴィチノが崩壊してから、まだ誰もあのパンを再現できていないんだ。料理人として最高で最後のチャレンジってやつさ。それに、今の自分の味覚で、あのパンを改めて味わってみたいじゃないか」

ミミアの目が爛々《らんらん》と輝く。ヒューはため息をついた。こういう顔をした時は、もう何を言っても無駄だ。

「ならまずはヴィチノ麦《むぎ》を手に入れることだな。花の苗があるなら、どうせヴィチノ麦も開発されたんだろう?」

「まあね。でも、ヴィチノ花はコロニーでもうちでも育てられたけど、麦はヴィチノの土壌でなければどうしても無理なんだってさ。あんな毒素満載の、不毛の土地でなければね。不思議だよねえ。それで五年前にあの星を某軍事企業が買い取って、秘密裏に栽培してるらしいんだけども」

なるほど、自分が呼ばれた理由はわかった。しかしヒューは素知らぬふりで、茶を口に運んだ。花の香りは酩酊《めいてい》を誘う。胸に湧き上がった苛立《いらだ》ちを穏やかに鎮めてくれるようだ。

「なら、麦の調達はそこに頼めばいいだろう」

「そんなことしたら、パンづくりに強制参加だよ。今まで『しあわせのパン』をつくれって依頼、さんざん来たんだから」

「企業と組んだほうが、やりやすいんじゃないか?」

「私は自分のために再現したいだけだ。軍で量産なんて冗談じゃないよ。何に使われるかなんて、わかりきっているんだから」

射貫く視線に、ヒューはカップをソーサーに戻した。マダム・ミミ。ほしいものは必ず手に入れてきた女。

「では、報酬《ほうしゅう》の相談に入ろう」

つとめて事務的に応じると、ミミアの頰がほころんだ。

「ありがとう、ヒュー。きみならやってくれると思ってた」

その一瞬だけ、〝マダム・ミミ〟の仮面が剝がれ、快活なミミアが現れたように感じた。


この星は、ほぼ死んでいる。いや、もともと死んでいたのだ。

目につくのは灰色の巨大な壁ばかりで、街路樹ひとつない。同じく灰色の道で時折会うのは運送ロボットだけだ。空気は乾き、やたらと埃《ほこり》っぽい。ヒューはフードを目深《まぶか》に被り、マスクを鼻の上まで引き上げた。

かつては美しい街だった。中央には天をも衝《つ》くような虹色の塔が立ち、そこから放射線状に伸びた広い道は清潔で、大きな街路樹が並んでいた。人々はみな自宅の窓に花を飾り、おかげで街はいつも華やかだった。商業区はあらゆる娯楽に満ち、街はずれには大きな森や湖もあり、休日はいつも人で溢《あふ》れていた。あの不毛の土地にどうやって森などつくったのか。今となれば、夢としか思えない。離れてつくづく感じる。管理官たちの知識と技術は、人から見ればほぼ神のみわざだ。

ヒューが歩くのは、かつて毎日通っていた道だ。このまままっすぐ行けば、パン工場に突き当たる。ヒューの勤務先だった。道を中程まで進み、ある巨大な建物の前で足を止める。今は無味乾燥な工場のひとつだが、もとは集合住宅だった。その二階、左から三番目の窓。開け放たれた窓辺には、いつも黄色の花が飾られていた。

『ヒュー、おはよう！　待ってて、すぐ行く』

窓から身を乗り出して笑うミミアが見えるようだ。すぐ行く、との言葉通り、ミミアは数分で下りてきて、一緒に工場へ向かった。ヴィチノは安全で、誰も鍵など掛けずに出かけたものだ。帰りにもよく部屋に立ち寄った。その時はきまって、しあわせのしずくを淹れてくれた。どれも同じ味なはずなのに、ミミアが淹れるとより香り高く感じるのが不思議だった。

管理官02の端然とした食事姿を見るのも好きだったが、ミミアとお茶を飲みながら喋るのもヒューにとって大事な時間だった。稼働して間もないヒューの教育係でもあった彼女は、そのくるくる変わる表情で、人とはどういうものかをよく見せてくれた。彼女はいつも朗《ほが》らかだった。もっともミミアにかぎったことではない。負の感情を抑制された人々はたいてい笑っていた。小競り合いがあっても、怒りが長続きせず、最後はなぜ喧嘩《けんか》をしたのかも忘れて握手を交わすのだ。

しかし幸福な日々は突然、崩れ落ちた。原因はいまだ不明だが、しあわせのしずくの抑制効果が効かない人々が現れたらしい。感情の一部を抑えられていたと知った人々は激怒し、はじめて知る憤怒《ふんぬ》は彼らをたやすく暴走させ、人間の自由意志を奪った管理官たちへの叛逆に至るまでそう時間はかからなかった。しかしヒューは、Xデイが来るまで全く気づいていなかった。管理官02の護衛兼秘書として雇われたのに、何もできぬまま目の前で02は殺され、ミミアは殴られた。ヒューも抵抗をやめるまでずいぶんと痛めつけられた。そして人を支配する「しあわせ」の元は全て焼き払われ、国民はみな他国によって救い出された。

その後、星間連合政府によってヴィチノが封鎖されたまま数十年が過ぎた。ヴィチノの土壌はそもそも人体にとって有害らしい。某国営企業が監獄《かんごく》兼工場用として買い取ったのが五年前。皮肉にもヴィチノは、元来の用途に戻ったわけだ。この延々と続く壁のむこうには、終身刑の囚人ばかりだ。資源なし、他の星との距離を考えれば、それぐらいしか使い道はないだろう。あの国が異例だったのだ。

ただ自分の足音だけが響く道を、どれほど歩いたことだろう。監獄の正門前に立ち、左手に埋め込まれた人工宝石でスキャンすると、センサーが作動し、ヒューの全身をくまなく探る。

『キー・ホンク。傭兵ギルド・ホンク登録Ｎｏ．Ａ０００３。生年月日――』

機械音が淡々《たんたん》と読みとった情報を読み上げる。ヒューはただ両手を広げ、突っ立っていた。武器は携帯していない。どうせ取り上げられるし、無事入団すれば支給される。

「確認終了。オールグリーン。どうぞ」

今度は人の声が聞こえ、門が開いた。見た目の重々しさからは想像もつかぬ、滑らかな動きだった。武装した兵士が二人進み出て、敬礼する。

「名高いホンク殿とお会いできて光栄です」

ざっと全身を見たところ、第七世代の普及版ヒューマノイド。生体部分は最小限で頑丈さを優先している。見た目は人間とまるで区別がつかないヒューとは明確に違う。大気も土壌も人体に有害と言われるヴィチノでは、ヒューマノイドが優先的に送られているらしかった。しかし監獄にいるのは人間だ。

「名高いのか、私は」

「傭兵でその名を知らぬ者はいないでしょう。ですが驚きました。このような所においでになるとは思わず」

言いたいことはわかる。ここでの仕事は、働かされている囚人たちの監視だ。危険は少ないが、報酬も低い。一流の傭兵が志願するような仕事ではなかった。

「私もあちこちガタがきているのでね。お手柔らかに頼むよ」

「とんでもない。伝説の傭兵から教えを請える貴重な機会だと、皆とても楽しみにしているのです」

「その呼び方は恥ずかしいな。まずは新しい職場を、ひととおり案内してもらってもいいかい」

「もちろんです」

兵士は先に立って歩き出した。灰色の廊下、灰色の兵士。人気《ひとけ》はないが、無数の視線を感じる。灰色のカメラ。囚人たちは労働中らしく、監房エリアはほぼ無人だった。一見すると清潔だが異臭がする。こんな僻地の監獄におしこめられた囚人の境遇に興味をもつ者などいないだろう。ヴィチノもそんなふうに、捨て置かれていた。だからこそ、あの奇跡の箱庭は何十年も続いたのだ。

突然、視界が開けた。薄暗がりに慣れた目に、金色の光が降り注ぐ。いくつもの扉と永遠に続くかのような廊下を抜けた先は、一面の麦畑だった。人工太陽のもと揺れる麦の穂が、黄金の波をつくりだしている。

「美しい」

ヒューはつぶやいた。

「我々が守るのは、この麦畑です」

「なにか特別なものなのか」

「極秘で開発された、特殊な麦です。不思議なことに、これほど汚染された土壌で育ったにもかかわらず、普通の大麦よりもきわめて栄養価が高い。奇跡の食材として、注目されはじめているのです」

兵士は誇らしげに説明した。極秘で開発されたとは片腹痛い。五十年前の遺物を血眼《ちまなこ》になって復活させただけではないか。そもそもヴィチノ麦の栄養価が高いのは事実だが、毒素も強く、このままでは食べられたものではない。「しあわせのパン」は、見た目こそ硬いパンだが、きわめて複雑な配合と過程を経《へ》て管理官02が完成させた完全食だ。まさに人類が「しあわせ」になるために生み出されたもの。今となってはお伽噺《とぎばなし》。そんな夢のごときパンが量産できたとしたら、各地の食糧問題は解決するだろう。ヴィチノが崩壊し、その生活が明らかになるにつれ、食料と飲料が一種ずつのみという非人間的な生活に非難が集中したが、その一方で研究は盛んに行われたという。

しあわせのしずく、しあわせのパン。従順で闊達《かったつ》で、はちきれんばかりに健康な人間を作り出す餌《えさ》。

　しかしミミアの言う通り、最も重要な「しあわせのパン」を再現できたものはいない。可能性で言えば、一番高いのはミミアだろう。彼女は管理官02の秘書だった。多少の知識はある。

　一面の麦畑では、囚人たちが収穫に励んでいる。何かあればいつでも消せる連中をかき集めたのだろう。にもかかわらず、囚人たちはみな笑顔だった。いずれも全身に入れ墨《ずみ》だのつぎはぎだの、なんだよくわからない動物とのキメラ化など、風体は様々だったが、表情は同じだった。てきぱきと働き、汗を流している。しあわせのしずくは、ここではすでに日常に使用されているらしい。

　よく見た光景だ。ヴィチノでも皆、こんな顔をしていた。だがヴィチノを離れてからは、ちっとも幸せそうではなかった。失望し、いつもいらいらして、争いあい、みじめに死んでいった。かつて笑みが浮かんでいた顔は、苦悩の皺が刻まれていた。あんなによく笑っていたミミアだって、変わってしまった。世界中を飛び回り、自分の欠落を埋めるように味を求め、食べ続け、そしてその成果を人に認めてもらいたがった。

　彼らが求めた幸せとはなんだろう。ヒューにはわからない。自分が人間のままだったら、理解できたのだろうか。

「良い職場だな」

ヒューは右手を前に伸ばした。黄金の麦畑に憧れるように、まっすぐと。この手は、管理官02が作ってくれた。生まれた時についていた腕は怪我《けが》で腐り落ちてしまったから、うんと強化した素晴らしい腕をくれた。腕だけではない。ヒューを構成するほとんどが、管理官の叡智《えいち》を注ぎ込んだ生体義肢。いわば、あのパンと同じ。

人間たちは、しあわせのしずくは再現できた。ではパンは？　管理官がつくりあげた神のごときレシピに、人類はいずれ到達するだろうか。

するかもしれない。貪欲《どんよく》な彼らなら。

「はい。囚人たちも非常に従順ですし、飯も悪くありません。娯楽がほとんどないのは玉に瑕《きず》ですが」

「そんなもの、必要ないさ」

ヒューは麦畑に背を向けた。ヴィチノでは食以外の娯楽はたいていあった。それでも人々は怒りを抑えられなかった。

なにも必要ない。自分がすべきことをするだけだった。ずっとそうして生きてきたように。

ミミアに再び呼び出されたのは、二年後の秋だった。

ヒューがヴィチノの工場にいたのは半年ほどで、帰還の際には小麦を大量に持ち出したが、パン製作は案の定だいぶ難航したらしく、それから一年以上時間がかかった。

呼びつけられた先は、以前の邸宅ではなかった。驚いたことに、ヒューがヴィチノに向かった直後にミミアは表舞台から身を退《ひ》いていた。存分にパンづくりに打ち込むためか、わざわざ私有地の森に家を建てたらしい。相変わらず行動力の塊《かたまり》のような人間だ。

森には人っ子ひとりいない。しかし凄まじいセキュリティが張り巡らされていることはわかる。歩いているだけで、ヴィチノのあの工場のように全身くまなくチェックされているのを感じた。ヒューが自由に進めるのは、ミミアに許可されたからだ。

以前の邸宅の十分の一ほどの家でヒューをまず出迎えたのは、テミルだった。

「いらっしゃいませ。マダムがお待ちです」

無表情の執事は、なめらかな動きでヒューのコートと荷物を受け取り、案内に立つ。この家の生体反応は二つだけ。家主のミミアは、テミル以外の使用人を入れていないようだった。

「やあ、久しぶりだね」

観葉植物だらけの部屋で出迎えたミミアは、二年前とはまるで別人だった。服もトレードマークのイエローではなくあっさりした生成《きな》りのワンピースで、白いエプロンをつけていた。ミミアの素顔を見たのは何十年ぶりだろう。もう再生手術は受けていないのか、笑うと肌にはいくつも皺が寄った。

「……本当に、久しぶりだ」

「あはは、そうまじまじ見ないでおくれ。恥ずかしい。私なんてね、テミル以外の人間に会うのが久しぶりなんだ。パンづくりに集中するために、ここには家族も近寄らせなかったから」

「相変わらず極端だ」

「それぐらい集中しないと、夢なんて叶わないものさ。さ、座って」

勧められた素朴《そぼく》な椅子には、お手製とおぼしきクッションが載っていた。この幾何学《きかがく》模様は、ヴィチノでよく見たものだ。部屋の内装は簡素で、絵のひとつも飾られていなかったが、かわりに溢れんばかりの花と緑が彩りを添えていた。

「パンの完成まで二年。結構かかってしまったね」

「むしろずいぶん早いほうじゃないか」

「私は天才マダム・ミミだよ？　本当は一年ぐらいでいけると思っていたんだ。なのに、ヒューがヴィチノ麦をけちるもんだから。試作も慎重に進めるしかなかったんだよ」

悪戯っぽい視線に、ヒューは渋面《じゅうめん》をつくった。

「けちったわけじゃない。畑が焼けてしまったんだから仕方ないだろう」

「ほんとにね。また暴動なんてツイてない」

ミミアは嘆息した。去年の夏、ヴィチノの工場では囚人とヒューマノイドたちが結託し、大暴動が起きた。麦畑は再び焼け落ちた。ごく近くにあった茶畑も、なにもかも。ヒューがヴィチノの工場に着任して、ちょうど半年が経った日だった。あの美しい黄金の麦畑が赤黒い焰《ほのお》に呑み込まれていく様を、ヒューは黙って眺めていた。

もう二度と、あの星を買収しようなどという企業は現れないだろう。あの汚染された土壌は、どんな生物も、それこそヒューマノイドすら侵食し、危険な破壊衝動を呼び覚ます。たとえ「しあわせのしずく」で抑えつけようと、耐性がついてしまえば終わり。二度も危険性が証明されれば、もう手を出すものはいないはずだ。ヴィチノは再び眠りにつく。つかのまの楽園の記憶を抱いたまま。

キッチンから懐かしい香りが漂ってくる。焼きたてのパンの、香ばしさ。胸が締め付けられる。ああ、この香り。あの美しいパン工場に毎日当たり前のようにあったもの。

テミルがお茶を、そしてミミアがパンを運んできた。籠《かご》の中にあるのは、まぎれもなく「しあわせのパン」だった。

「すごいな」

心の底からの称賛だった。見た目も香りも、全てが記憶のままだ。ヴィチノで見かけた、似ても似つかない試作品とは違う。

「お褒めの言葉は、食べてからどうぞ」

促《うなが》され、まずはお茶を口に運ぶ。以前の通り、ふわりと心が軽くなる。そして次はいよいよパンだ。籠から皿に移し、丁寧にちぎる。エナジーバー以外の固形物は久しぶりで、我知らず指が震えていた。口に運び、ゆっくりと噛めば、じんわりと味が滲《にじ》み出る。舌に広がる記憶に、鼻の奥がつんとした。

間違いない。これは、しあわせのパンだ。

五十年以上前、繰り返し食べていたもの。

ヒューは夢中でパンを食べた。脇目も振らず、一心に。こんなふうに何かを食べるなど、いつぶりだろう。ヴィチノを出てからというもの、何を食べても味がしなかった。

夢中でパンを食べるヒューを見て、ミミアは口を開いた。が、何も言わなかった。食事の間は喋ってはならない。ヒューがいまだ守り続ける故郷の流儀を尊重し、自身もただ静かにパンを口に運んだ。

「どうだった？」

ヒューがパンを平らげるのを待って、ミミアは訊いた。テミルがお茶のおかわりを注ぐ。

がっついた自覚のあるヒューはわずかに頬を赤らめた。

「間違いなく、しあわせのパンだ」

「よかった。ヒューが言うなら、確かだね」

「ああ、美味しかった」

自然と言葉が出て驚いた。美味しい。たしかに自分はそう感じた。味覚はないはずなのに。

「美味しい、か」

噛みしめるようにつぶやいたミミアから、ヒューは恥ずかしげに目を逸《そ》らした。

「……おかしなことを言うと思っているな」

「いや。味覚ってのは記憶と密接に結びついているものだから。しあわせな記憶は、美味しいのさ」

ヒューは自分の腹をそっと摩《さす》った。ここに、しあわせがある。ずっと昔に失って、ただ後悔と寂寥《せきりょう》だけが漂っていたこの場所に。

「そうか。パンはまだあるのか？」

「いや、それが最後。ほんと難しくてね、完成品がこれだけ。レシピは完成したけど、肝《かん》心《じん》のヴィチノ麦がもう存在しないし」

「なるほど。これは、少々早まったかな」

後悔を滲ませた声に、ミミアは笑った。

「何が？　暴動を主導して畑を焼いたこと？」

ヒューは黙って肩を竦《すく》めた。お見通しのようだ。

再びヴィチノを訪れ、あの美しい麦畑を見て確信した。人類に、あれは不要だ。いつかもし、あの地で再びしあわせのパンが誕生したとしても、それは破滅にしか繋《つな》がらない。しあわせのしずくがすでに悪しき使われかたをしているように。だから半年かけて準備をし、全てを消した。

「まあな。しかし、限られた麦でよくつくりあげたものだ」

約束なのでミミアに送りはしたものの、パンが完成するとは正直思っていなかった。だがミミアはやり遂げた。いつもそうしてきたように。

これがこの世界で最後のしあわせのパン。ミミアが命を燃やしてつくりあげたもの。それが今、自分の中にある。そう思うと、とるにたらないこの身がとても尊いもののように思えた。

胃から柔らかいぬくもりが広がっていく。心地よい。ふわふわする。

「素直に褒めてもらうなんて、いつぶりかね。まあでも、喜んでもらえてよかったよ。私も夢が叶った」

「夢？」

「ヒューと一緒にご飯を食べて、美味しいって言いたかったんだ」

「奇特なやつだ。だが、叶ってよかった」

うつらうつらしながら、ヒューは答えた。腹が満たされると、人間は眠くなることがあるという。なるほど、これがそうなのか。はじめて知る現象にヒューは抵抗するすべをもたない。心地よくて、抵抗したくもなかった。

「しあわせのパン……名前の通りだな」

ヒューはつぶやいた。その声すらもう遠い。

「寝ていいよ。起きたら、今度は私の自信作をご馳走するから」

「……それは……楽しみだ」

ミミアの料理。今なら、味を感じることができるかもしれない。また新しい「美味しい」を知れるかもしれない。幸せな予感に微笑みながら、ヒューは目を閉じた。

椅子に腰掛けたまま、静かに寝息を立てる友人を、ミミアはじっと見つめていた。

目を閉じたヒューは、あるかなしかの微笑みを浮かべている。ヴィチノを離れてから、はじめて見る表情だった。

「ミミア、どうしますか？」

それまで黙ってそばに控えていたテミルが言った。

「どうって？」

「機能停止まであと一月あります。今ならヒューネの脳データを、完璧な形で別の肉体に移すことも可能です」

ミミアは一瞬息を呑んだが、すぐに首を振った。

「……やめよう。これ以上は酷だよ」

「そうですか？　今まで何度も修理してきたではないですか。どうせ修理の記憶はヒューネには残らないのですから」

「いいんだよ。もう充分だ」

テミルは不思議そうにミミアとヒューを見比べ、頷いた。

「そうですか。なんにせよ、最後の晩餐《ばんさん》が間に合って良かったですね」

ヒューの最後の晩餐に、しあわせのパンをつくる。ミミアがそう決めたのは、まさにこのテミルが三年前に告げた言葉がきっかけだった。

『ヒューネの機能は、あと三年で停止します』

信じ難かったが、テミルの言葉に嘘《うそ》がないことは知っている。彼は——いや彼に寄生しているのは、ヒューネの生体義肢をつくりあげた、いわば創造主だから。ヒューネ自身すら知らぬ能力も全て知っている。もちろん、寿命も。

ミミアは息をつくと、テミルに向き直った。

「ありがとう、管理官。あなたのおかげで間に合わせることができた。私だけでは、死ぬまでしあわせのパンを再現することはできなかっただろう」

テミルはぱちくりと目を瞬《またた》かせ、それからやけに老成した笑みを浮かべた。

「お役に立てて何よりです。まさかあなたが、料理について私に教えを請う日が来るとは思いませんでしたが」

「私のプライドなどより、ヒューに美味しいと言ってもらうほうが大事だ。それこそ料理人の本懐だよ」

「そういうものですか。しかし、やはり不思議ですね。何度調整しても、味覚は戻らなかったのに。もともとあなたがたと同じように整えてあったはずなんですが」

テミルは首を傾《かし》げ、眠るヒューを見やった。

かつてのミミアとヒューの上司、通称『管理官02』。番号に意味はない。もとはひとつの生命体で、文字通り社会を管理するために五体に分裂していただけらしい。当人からそう聞いた。

管理官は巷《ちまた》で言われているような侵略者ではない。少なくともミミアはそう思う。彼らにとってヴィチノはテラリウムに近い。たまたま目についた星で絶えかけていた生物に、快適な箱庭を用意して餌を与え、大切に育てる。不死の種族である管理官にとっては、この巨大なテラリウムが恰好《かっこう》の娯楽なのだそうだ。

ヴィチノでの暴動で箱庭が破壊されたことに関しては、なにも感じていないという。終焉《しゅうえん》を見守るまでが、正しい観察だからだそうだ。今まで様々な生物で箱庭を作ってきたけれど、例外なく崩壊し、宿主は死亡した。

自分を撃った男に寄生した管理官は、何を思ったかそのままずっとミミアのそばにいた。どうやら味覚というものが管理官にとっては非常に新鮮な感覚らしく、ミミアの料理に強い関心を示したせいだ。より素晴らしい料理をつくらせるため、新しい味を知るために、管理官はかいがいしくミミアに仕えた。

「やはり、わからない。私の調整が甘かった？　分解してみましょうか」

ヒューの口許《くちもと》に伸びたテミルの手を、ミミアは素早く払い落とした。

「意味がない。機能の問題ではないよ。あなたにはたぶん永遠にわからないことだ」

テミルは首を傾げたが、すぐに納得したように頷いた。

「心の影響ですね？　あなたがたにあって私にはないものと言えばそれしかない」

「味覚の次は心を手に入れたいの？　あまり欲張らないことだね」

興味津々《しんしん》のテミルをおしのけ、ミミアはヒューの頬に手を触れた。傷が痛々しい。恩人を守れなかったことをずっと悔やみ、罪人のように無明《むみょう》の闇《やみ》を生きてきた友。ミミアがどんなに心をこめた料理も、ヒューには全く届かなかった。

一度だけでいい。しあわせだと、生き延びてよかったと、思ってほしかった。これが「美味しい」ということだと、知ってほしい。ならばミミアがヒューのために作るものはひとつしかなかった。ヒューの幸せと罪の象徴。これを消化しなければ、ヒューは人に戻れない。

「食べてすぐ眠るなんて。ふふ、子どもみたいだ」

きっと、よほど疲れていたのだ。ミミアは眠る友人を抱きしめた。

ヒューが永遠の眠りにつくまでは、まだ少し猶予《ゆうよ》はある。今度こそ、ここまで磨いた料理の腕をふるって、美味しいと笑わせてみたかった。終焉の瞬間まで、ただただ幸せだと思ってほしい。

「ヒューネはおよそ十一時間後に、一度目覚めます。あなたもお休みになっては？」

見透かしたようにテミルが言った。ミミアは友から体を離し、ぐるりと肩を回した。

「そうするよ。睡眠時間も削ってパンづくりに没頭したからね、あちこちが痛い」

「いつでも性能の良いボディをお贈りしますのに」

「結構だよ。片付けは頼む。あと、ヒューを客室に移しておいて。丁重にね」

ミミアはもう一度ヒューーネの傷に触れると、勢いよく背を向けた。

立ち去る背中を見送り、テミルは頷いた。

「やはり面白い」

しあわせのパン。管理官がその気になれば、麦でもなんでもすぐに再生できる。せっかく人類のために最善のものを心をこめてつくりあげたというのに、いらないと焼かれてしまった。しかも二度も。もっとも、そんなことは慣れている。よかれと思って介入すると、しばらくはうまくいくのに、最後はめちゃくちゃになる。いつもそうだ。だがそういう無駄な過程を見るのが面白い。

そういう意味では、ミミアとヒューは最高の素材だった。だから本当は、ここで失うのは惜しいのだ。どちらもこっそり、新しい体に移してしまおうか？　そんな誘惑に駆られるものの、残り一ヶ月、ヒューが新しい味にどんな反応を見せるのかも見てみたい。ヒューを見てミミアがどんな顔をするのか。彼らがどんな話をして、「その時」を迎えるのかも。

「ヒュー、しあわせのパンを愛してくれてありがとう。たぶん、だからあなたは畑を焼いたのですよね」

眠るヒューに語りかける。当然、答えはない。

「昔、あなたは私がパンを食べるところを見るのが好きでしたよね。その気持ち、少しわかりました。あなたが夢中で食べるところ、いいものでしたよ」

否定されたしあわせのパンを、あんなに夢中になって食べるとは。そのときテミルの中に兆《きざ》したものは、瞬《また》きの間に消えてしまったけれど、ミミアが新しい珍味を用意した時に感じたものに似ていたような気がした。

敗北の味

人間六度

Ningen Rokudo

旧静岡郡に属する十一番目の人類居営圏〝すり鉢村《ばちむら》〟には、人類陣営最強と謳《うた》われる狙撃手マレット・ブルーサイトが住んでいる。彼女は〝黄金色の丘〟のいただきに家を構え、七十二歳を迎える今も孤高の生活を営んでいた。そんな彼女の武勇伝を目当てに、子供たちが〝黄金色の丘〟を目指すのが、夕暮れ時のすり鉢村では見慣れた光景となっていた。

少年ラップの腕っぷしは、お世辞にも強いとは言えなかった。ラップはその日〝黄金色の丘〟に向かおうとしたが、背後から強い口調で呼び止められた。

「おいブリキ野郎」

近所の悪ガキ連中だった。

ラップはマレットのように強くありたいと思い、悪ガキたちに立ち向かった。けれど、多勢に無勢もいいところだった。結局〝黄金色の丘〟にたどり着いた頃には、語り聞かせはとうに終わっていた。

肩を落とし、帰路につこうとしたラップを、畑仕事に向かおうとしていたマレットのしわがれた声が引き留める。

「今朝は遅かったじゃないか。何かあったのかい」

老いてもなお健在な迫力の瞳で、マレットがラップを射貫いた。

ラップはびくりと肩を震わせ、とっさに言葉を捻《ひね》り出した。

「いや、何もなかったです」

「半ズボンの裾《すそ》に泥。それから頰《ほお》の傷と、右肩のあざ。君は年頃の近い子らとやり合い、果敢に立ち向かったが、やられてしまった。そうだね？」

瞬時に全てを見抜かれ、ラップは愕然《がくぜん》とした。

だが、言い当てられたことよりも、村一番の戦士に自分の弱さを知られてしまったという事実の方が、彼の心を抉《えぐ》った。

「そんなに悲しそうな顔をするな。そうだ、そんな君に特別に話をしよう。私の、ただ一度の〝敗北〟についての話だ」

「マレットさんが、負けたんですか？」

伝説によれば、マレット・ブルーサイトは百戦百勝。無敗の狙撃手である。彼女の話が本当なら、今から語られようとしているのは伝説を超えた真の伝説ということになる。

「坊や、座りな。これから話すのは私が遭遇した好敵手――」

マレットはラップを丸木の椅子《いす》に座らせると、みずからも蔓《つる》で編んだハンギングチェアに腰を下ろし、そっと目を閉じて語り始めるのだった。

「〝良き狙撃手〟についての話さ」

マレット・ブルーサイト。三十三歳。

人類軍所属の狙撃手である彼女の主要な任務は、味方の遊撃隊が指定のポイントまで移動させたウエイツどもの姿勢制御モジュールを撃ち抜く、というものだった。

よく知られる通り〝重き者《ウエイツ》〟とは、旧時代人の創《つく》った金属製の給仕ロボットのことだ。その彼らが人類から離反し、自己複製を始めたのがおよそ四百年前のこと。以降、自己改良を繰り返すウエイツだったが、変えられないものがただ一つある。それこそが、旧時代人がウエイツを〝製品〟として作り出した名残《なごり》――償却《しょうきゃく》年数の決まった〝姿勢制御モジュール〟という胴と不可分な部品だった。

マレットは新型のウエイツとあいまみえた際には亡骸《なきがら》の検分を怠《おこた》らないたちだったので、各個体の姿勢制御モジュールのありかを熟知していた。それが彼女を至高の狙撃手たらしめる鍵でもあった。

その日も彼女は、遊撃隊が追い立てたウエイツの一団を指定ポイントで屠《ほふ》るはずだった。しかし一団の中に紛《まぎ》れていた、恐ろしく素早い四足歩行型の個体を仕留め損なってしまう。マレットの狩場はすり鉢村から五キロ以上離れていたが、慎重をきすためにはいかなる情報も持ち帰られるわけにはいかなかった。彼女は、単身でウエイツを追った。

気づくと彼女は〝未踏地域〟へと踏み込んでいた。周囲を埋める緑は一層の濃さを増し、立ち込める霧《きり》が見通しを一段と落とした。想定外の事態にマレットは苛立《いらだ》っていたが、それでも彼女は最後にはウエイツを仕留め、深まった森からの脱出を試みた。

そんなマレットの前に、見慣れぬ形状の遺跡が姿を現す。

遺跡は多層構造で、階段のようなものが上層へと葛折《つづらおり》になって伸びていた。はるかな高さにある天井は鉄のフレームとガラスに覆《おお》われていて、その割れ目から滴《したた》った雨水が低いフロアに水場を作っている。

その荘厳な存在感に目を奪われたのも束の間、数分前まで戦闘状態にあったマレットの研ぎ澄まされた神経が不審音を捉《とら》える。

「誰だ」

マレットが声を出したのは、万が一にも味方である人間が潜んでいる可能性を考慮したため。だからこそ、次の応答に冷や汗をかくことになったのだ。

「珍しいお客さんですね」

それは――まごうことないウエイツの合成音声《こえ》だった。

基本的に、ウエイツは人とコミュニケーションを取らないし、ウエイツ同士のコミュニケートでも音声を介さない。つまり人間に対して言語的なアプローチを試みるのは、相当特殊な任務を帯びた高位のウエイツということになる。

マレットは意識を集中させ、声の発生源を探る。

「撃たないでください。私に害意はありません」

またしても聞こえたその声は、奇《く》しくもマレットの背後から響いていた。

すでに十分、致命的な状況。背後を取られた時点で狙撃兵の運命は決まったも同然。振り返り、銃を構えるその一瞬。マレットは生きた心地がしなかった。

だが――。

「なんだと……」

一番低いフロアの屋根のある箱状のスペースの中に収まり、手をこまねきながらマレットのことを眺めるそのウエイツには、武装という武装がない。

「そんなに睨《にら》まなくても大丈夫です。ほら、私の体を見てください」

言葉の通り、そのウエイツは足の代わりに、地面に繋《つな》がった支柱のようなモジュールで胴体を直接支えていたのだった。

「私はこの場所から動けません」

ウエイツは両手を広げ、ランプが二つ横向きに並んだ頭部モジュールを回転させた。

ウエイツにしては、やたらと愛嬌《あいきょう》のある頭部だった。

「ペパーミル」

マレットは、何かの暗号かと思った。

「私の名前です。あなたは？」

ウエイツは腕組みをし、支柱を傾けて疑問を呈するような所作をつくった。

奇妙なウエイツをスコープ越しに捉えたまま、マレットは動かなかった。

長い沈黙の間、水の滴り落ちる音だけが聞こえていた。

「答えるわけがないだろう」

それが――マレットがペパーミルに返した、最初の言葉だった。


しばらくマレットはスコープ越しにペパーミルと見つめあったが、本当に攻撃してこないので一旦《いったん》銃を下ろすことにした。無論、警戒心まで鞘《さや》に収めたわけではなかった。

「とんだ欠陥品だ」

マレットは挑発的にそう告げた。

けれどペパーミルはあっけらかんとし、

「これが最適な形ですよ。私はこの施設で働くために造られたウエイツですから」

そう、静かに返す。

ぴちゃりと雨水が落ち、足元の水たまりに波紋を作る。

確かに――。ペパーミルの胴と地面を繋ぐモジュールは、後付けされたようには見えない。彼はこの場所にいるべくしている。

けれどウエイツとの対話が徒労であるということは、マレットが一番よくわかっていることだった。以前も何度か言葉を操る上位種のウエイツとあいまみえたことがある。たとえば道化《どうけ》型と呼ばれる個体は大人の声を真似て子供を連れだし、目隠しをさせて崖から突き落とすという所業をなした。

ちょうどその時、腕時計がアラームを鳴らしたのだった。

マレットは手近な瓦礫《がれき》に腰を下ろすと、レッグポーチから直方体のブロックを取り出し、アルミ箔《はく》の包装を剝がした。それは電池と呼ばれる栄養食であり、アラームは電池を摂取すべき適切な時間を知らせる合図だった。

「なんですか、その見るからに味気のない塊《かたまり》は」

「それ以上は喋《しゃべ》るな。摂取し終えたら、すぐに破壊してやる」

マレットはペパーミルを強く睨む。

電池とは兵士ならば六時間、農牧者ならば九時間弱の稼働を可能にする万能栄養源であり、人類がウエイツと戦うために生み出した叡智《えいち》の結晶だ。人類を脅《おびや》かす元凶に、味気ないなどと言われる筋合いはなかった。

マレットはほのかな塩味と甘味を持つブロックを口に運ぼうとした。

だがその時、上層階のへりに止まっていた鳥が急降下し、マレットの手からブロックをさらう。

驚きの次に落胆《らくたん》が訪れ、最後に彼女の心を支配したのは――鋭い怒りだった。

こんな場所に行き着いたのは、元を辿《たど》ればあの俊足のウエイツが原因。そしてもっと根元的な理由を辿るのなら、人類が村という小さな生活圏に押し込められたのも、銃を片手に眠るようになったのも、多様な文明活動の放棄を迫られたのも、全て、人類より離反したウエイツのせいだ。

マレットはナイフを抜いて、ペパーミルの背後へと回った。

「私を破壊するのですか」

ペパーミルの首周りの装甲はとうに錆《さ》び付いていて、配線が丸見えだった。銃を使うまでもなく、ナイフ一本で制圧できるほど、ペパーミルの体は朽《く》ちていた。

「あまねくウエイツは、ヒトの敵。軍規に従うまでだ」

それはけっして、相手の出方を窺《うかが》った発言ではなかった。マレットの手首には偽《いつわ》りなく力が入っていたし、首元に加わった圧力でペパーミルにもそのことは伝わっていたはず。

けれど彼は、次のように言ったのだ。

「それは一向に構いませんが、その前に一つだけ。あなたに、作って差し上げたいものがあります」

「……」

「警戒の必要はありません。私はただ、自分の役割に忠実でありたいだけです」

「ヒトを脅かす役割以外に、お前たちに何がある」

「十五分だけいただけますか」

十五分だけ、待ってやることにした。ペパーミルは、マレットにとっては新種である。新種の動きを記録することは、次の戦いへの備えに通じると思ったためだ。

ペパーミルの動きは機敏だった。レール上を滑るように移動して箱状スペースの奥に設置されたブリキの台座に向き合うと、ラックから鍋を出して植物の種子らしきものをばら撒いた。続いて浄水槽から水を注いで種子を洗うと、台座に設置された円形の枠に鍋をセットし、火にかけた。熱せられていく鍋に、いくつかの小瓶《こびん》の中身を投下し、最後に小さな白い涙型の――何か、生き物の卵のようなものを別の器《うつわ》でといて、回しかける。

その妙な儀式の果てにペパーミルは、もうもうと湯気の立つ鍋をマレットの眼前へと差し出したのだった。

「うっ……」

ふやけた植物の発する強い匂いが湯気とともに鼻腔《びこう》に入り、一瞬、臓腑《ぞうふ》が鷲摑《わしづか》みにされたようになる。それは三十三年生きてきた中で感じたことのない、体の奥底を貫く未明の刺激だった。

「なんだ、これは。この艶《つや》のある粒……本当に先ほどの干からびた植物の種子なのか……？」

鍋を見下ろしながらそう震える声で告げるマレットを見て、ペパーミルは囁《ささや》いた。

「なるほど、そうですか。あなた方は……随分と遠くに来てしまったのですね」

それからペパーミルは小さな器を取ってきて、木製の匙《さじ》とともにマレットに手渡す。

そこまでされてもマレットにはまだ、どうすべきかがわからない。

そんな彼女へ、ペパーミルは優しく告げる。

「それは、卵粥《たまごがゆ》というものです。電池と同じように、口に入れてごらんなさい」

抵抗も、恐れもあった。だが何より匂いがキツく、とてもそんなことはできそうもなかった。

それでもマレットが匙を手に取ったのは、ひとえに、負けず嫌いの性分からだった。人間が知らずウエイツが知る物事が存在することが、許せなかったから。

口に含む、その瞬間。

歴史が再び、動き出す。

途方もないほどの長い沈黙ののち、マレットが訊《たず》ねる。

「お前は、一体何者だ」

ペパーミルはこう答えたのだ。

「自分は四百二十年ほど前からこのモールで料理番をさせていただいております――〝板前〟です。そしてあなたは、実に四十三年ぶりのお客様です」


マレットの語り口に惹《ひ》きつけられる他方、ラップには募る不満があった。

そんな彼の心の内を、マレットの柔らかな視線と言葉が引き出させる。

「どうした？」

「えっと……狙撃手が出てこないなと思って」

マレットはからからと笑うと、ラップの肩に手を乗せて告げる。

「いま少し待て。狙撃手は必ず現れる」

その晩。村に帰還したマレットは、床《とこ》につくが早いか強い腹痛に襲われた。それは歴戦のマレットがこれまで感じたことのない種類の、体の内から起こる痛みだった。

強い香りと熱を帯びた食物はマレットの胃を刺激し、彼女の体が忘れ去っていた臓器本来の機能を呼び起こした。しかしそれは彼女の体には並々ならぬ負担となったのだ。

痛みから逃れるべく麻の布団の下で体を捩《よじ》る最中、彼女はペパーミルの助言を思い出す。

――体の右半身を地面に接するように眠ると良い。

ペパーミル曰《いわ》く、それは臓器の構造上、理に適《かな》った姿勢なのだという。

確かに右半身を下にしていると、不思議と痛みがおさまってくる。

それからマレットは、改めてペパーミルの行いを想起した。

やつが植物の種子とミネラル、そして生物の卵から作り出したものは、栄養価の偏《かたよ》った不完全な食物だった。けれど電池とは明らかに異なる力を秘めてもいた。何より、それを当然のように振る舞うあのウエイツに、興味が湧いて仕方がない。

彼女は、忍んで遺跡に通うようになった。

ペパーミルは当初、火を吐く台座に隣接した蔵から材料を取り出し、食物を振る舞った。

蔵は冷気を帯びており、収められた材料の劣化を防ぐ仕組みになっていた。ペパーミルがイネと呼んだ植物の種子をはじめ、ニワトリと呼ばれる飛べない鳥の肉や卵、それに岩塩《がんえん》など、最低限の食材はそこに常備されていた。

しかしそもそも、素材を蔵に備蓄するには少なくとも屋外に移動できるボディが必要なはずである。

疑問を呈すると、ペパーミルは答えた。

「旧知のウエイツに、定期的に運んできてもらっていたのです」

ペパーミルは、背中を丸めてみせた。

それが表情を持たないウエイツが表《ひょう》する哀しみなのだと遅れて気づいたマレットは、彼の言葉に違和を感じ取る。

「今は違うのか」

「近頃、とんと見かけなくなりましてね。四つ足の、すばしっこい獣《けもの》型だったのですが」

マレットは二週間前の戦いを想起した。

自身をこの遺跡へと導いたあの素早い個体は、今は森の中で虫の巣にでもなっているだろう。

別段、罪悪感を抱くようなことはなかった。それどころかウエイツ同士の共謀を絶てて、達成感さえあった。

だから、黙っていてもよかったはずなのだ。

「私が破壊した。姿勢制御モジュールをこの銃で穿《うが》ったのだ。どうだ、私が憎いか」

マレットは、そう口にしていた。

心の底ではそこで、憎いと言ってほしかったのかもしれない。そう言ってもらえたなら、どれほどシンプルだったか。

「いえ？　自分には他者を憎むという機能は備わっておりませんので」

さっぱりとそう告げるペパーミルを見つめながら、マレットは小さく返した。

「そうか」

「ただ、少し残念には思います。彼がいないと役割《ミッション》を果たすことが難しくなる」

役割――。

その言葉に救われたような気がし、マレットは複雑な気持ちになった。

自分が四足歩行型のウエイツを破壊したのも、軍規が定める役割を全うしたからに他ならない。ではウエイツはどうか？　獣たちは？　植物は……？　例外など、どこにもないのだ。誰もが己の役割に敬虔《けいけん》であり、敬虔なればこそ殺し殺されるという結果に心を挟む余地など残らない。だが、その事実を受け入れるということは、ウエイツと人間が戦い続ける呪われた運命そのものを、受け入れるということになる。

その日、マレットはペパーミルの作った粥を食べながら、ヒトの食に関する営みについて改めて考えた。電池というものが発明されて久しい現代。わずか直径五センチに満たない高栄養物質はこの世から飢《う》えを撲滅し、その上、自警軍の兵站《へいたん》のパフォーマンスを飛躍的に上昇させもした。だがその生産と流通は村の戸主《とぬし》たちによって厳格に管理されていて、マレットたちに知らされることはない。

「我々はこの小さな塊に命を託すほかないのだ」

すでに振る舞われた料理は十を数えているが、臓器に負担をかけてまで植物や動物の卵を調理し、口に入れることの利得を計りきれないマレットへ、ペパーミルは時折憐《あわ》れむような視線を向ける。その許し難い事実が、マレットをペパーミルのもとへ通わせる原動力になっていた。

一ヶ月が経《た》った頃、ついに蔵の内容物が底をつきると、ペパーミルが言った。

「次のステージに進みましょう」

大仰な言い草だと思った。けれど思い返せば、ペパーミルの話はいつだって大仰だった。

いつもの待ち伏せポイントで遊撃隊が追い立てたウエイツの一団を残さず葬《ほうむ》ったマレットは、その足で未踏地域へと乗り出した。

彼女はまず、森に仕掛けた罠を確かめに行った。しかし罠には大型の爬虫《はちゅう》類ばかりかかっていて収穫は皆無だった。彼女は次に水場と泥場を探したが、これも不発。だがその時、彼女は草木の間にできた細長い通路のようなものを目にする。それはまさしく、ペパーミルの話していた獣道であり、ぬかるんだ地面には足跡らしきものも確認できた。

息を潜めて獣道に踏み入り、二十分ほど歩くと、それは見つかった。

大樹の根元。四頭ばかりの四足獣が、身を寄せ合っている。ずんぐりとした見た目のその獣は全身が薄い灰色の毛で覆われ、そり返った鼻で地面を掘り返しては、何かの植物の根を引きちぎって、口に運んでいる。

その四足獣こそ、ペパーミルがブタと呼ぶ生物に他ならなかった。

マレットの胸に、ウエイツと対峙《たいじ》する時と同等か、それ以上の緊張が走る。

かつてこの世界に生きていた古世人《こせいびと》は獣を使役し、食料や生活用品を生産したり、燃料に変えたり、愛玩《あいがん》したりと、さまざまな利益を得ていたと言われている。しかし電池による飢餓《きが》との決別と、人類の活動圏の収縮により、人間が獣と関わる機会は減少の一途を辿っており、今や獣に関する知識は考古学に包摂《ほうせつ》されてしまった。

マレットはペパーミルの助言を頭の中で反芻《はんすう》し、ブタの右側に回り込み、引き金を引いた。

乾いた銃声とともに、木々に止まる鳥たちが一斉に飛び立った。

弾丸は——正面の一匹の胴体を、確かに貫いていた。だが生命は、ウエイツよりもよほど強靭《きょうじん》だった。残りの三匹が逃げ惑う中、攻撃を受けた一匹だけはマレットを黒々とした瞳で見つめるが早いか、直ちに突進を開始したのだ。

心臓からわずかに逸《そ》れたのだと、直感で理解する。

立て続けに三発。だが、ウエイツの時のようにはいかなかった。マレットは度重なる交戦を経《へ》てウエイツの構造を知り尽くしていたが、獣については無知だった。弾丸は三発ともブタの背中を掠《かす》ったが、突進を止めるほどの力はなかった。

ブタはマレットの股下《またした》に頭を潜り込ませると、猛然と牙を突き上げてくる。マレットの脳裏に、ペパーミルの語った「しゃくり」という語が去来する。大動脈だけは傷つけられまいと、ブタが首を捻る方向へと同時に上体を傾け、どうにか裂傷を避けたマレットは受け身を取って転がり、銃を投げ捨てナイフを抜いた。

(くそ！　手強《てごわ》い！)

ブタは八の字を描いて回ると、再び突進を繰り出す。その一瞬。

マレットの脳裏には、至極まっとうな考えが浮かんでいる。

一体なぜ、こんな馬鹿《ばか》げたことを――。

一歩間違えれば死に繋がる勝負など、ウエイツといくらだって繰り広げているはず。マレットは三十三という歳《とし》ながらいまだ現役であり、後続を育てるという責を果たしていない。この命が失われればすり鉢村は間違いなくウエイツとの勢力的拮抗《きっこう》を欠き、大打撃を受けるだろう。

一人の体じゃないんだ。

分かりつつも、血が騒いで仕方がなかった。

今度こそ下に潜り込まれないために、姿勢を低く落とす。白兵戦に陥《おちい》ることが極めて稀《まれ》な対ウエイツ戦では磨かれるべくもない戦いの技術を、マレットは天賦《てんぷ》の才によりこのわずかな時間で摑み取っている。

ギリギリまで引きつけた突進の刹那《せつな》。

マレットはブタの首に刃を突き立て、その命を奪った。

ブタの死体は推定でも二百キログラム以上あり、到底素手で持ち帰ることなど不可能だった。そこでマレットは罠を解体して部品を調達し、即席の荷車を作ると、そこに死体をくくりつけて運んだ。

遺跡に着く頃には日が落ちていたが、死体をそのままにしておくわけにもいかず、マレットはペパーミルと協力して解体を行った。

獣の解体には一応、見覚えがあった。祭事に用いる動物性の油と革を手に入れるため、ごくたまに戸主たちが毛深い獣を狩ってきては、解体していたのだ。しかしそれだって、肉は全て不浄のものとしてわざわざ未踏地域まで赴《おもむ》いて捨てていたし、よしんばそれを食べようなどと思ったことは一度もなかった。

血と臓物の生臭さに包まれながら少しずつ小さく分解されていく獣の体は、吐き気を誘う。

「これがバラで、これがモモです。ここはロースと言います」

「同じ生物なのに、名が異なる」

「部位によって、味や食感が異なるのです。それだけ、古世人は食というものを愛していたのです」

まったくもって不合理なことだと思う。これほどの労を支払ってまで、なぜ……なぜ自分は、料理というものを求めるのか？

一通りの解体を終える頃には空に星が昇っていて、マレットは帰路につこうとした。だがそんな彼女を、当然のようにペパーミルが引き止める。肉のほとんどはすでに蔵の中だが、料理のために肉片を残していると言う。

マレットが頷《うなず》く前から、彼は動いていた。

ペパーミルはまず巨大な平たい鉄鍋を台座に置き、そこに植物性の油を流し込んだ。次にブタの肉、それもロースと呼ばれる部位を厚めに切り、塩を振ってしばらく置いた。それから彼は二種類の粉とニワトリの卵を蔵から取り出し、それぞれを器に出した。

粉の一つはきめ細やかにひかれた小麦であり、もう一つは砕いた雲母《うんも》のような形状の薄黄色の粒だった。比較的最近、ペパーミルはパンと呼ばれる保存食を焼いたのだが、薄黄色の粒はその端材を加熱して作ったものだった。

ペパーミルは肉から出た水気を丁寧に拭き取ると、まず小麦に肉を通し、次にといた卵に潜らせ、そして最後に雲母に似たパンの端材を纏《まと》わせると、それを煮えたぎる油の中へと放つ。

ばちばちと音を立てて加熱され始める肉片を見下ろしながら、マレットは訊ねた。

「なぜそこまでする」

ペパーミルはあくまで鍋に意識を留めたまま、首を傾《かし》げる。

「作らせておいて申し訳ないが、見るからに面倒だ。それに、それは明らかに生きるために最適じゃない」

ペパーミルは金属のトングを油に沈め、肉片の様子を見ると、静かに答えた。

「確かに、これは最適ではありません。自分も不思議に思うのです。古世人にも電池と似たものを作る技術力はあったはず。けれど彼らは、そうしなかった」

マレットは、コートの内ポケットに収まった電池の硬さをその胸に感じた。

古世人は、今より高度な技術を持っていたとされている。

たとえその時代にウエイツの影がなかったとしても、料理などという面倒を引き受けてまで、どれほどの利益を得られたというのか。

「きっと、精神的に未熟だったんだろう」

「そうですね。未熟でいられるほどの繁栄が、そこにはあったのでしょう」

ペパーミルが取り出した肉片は黄金色に変じていた。

彼はそれを、ほのかな青臭さのある球状の葉の塊を細切れにしたものを添えて、マレットの目の前へと差し出す。

黙って受け取ると、マレットは最近自在に使えるようになってきた箸《はし》を駆使し、それを口に運んだ。

「……これは」

形容し難い衝撃が口内を走り抜け、鼻の奥からスッと抜けていく。

マレットは直感的に理解した。この料理をもし最初に出されていたら、きっと自分の体は耐えられなかっただろう。油分を含んだ黄金色のコーティングはまるで衣類のようで、そこに包み込まれた脂《あぶら》っ気《け》が、胃の腑に直接殴りかかる。だがその衣でさえ、この料理の本質ではないのだ。その奥に控えている分厚い熱を帯びた肉に歯が食い込むたび、口の中には野蛮《やばん》で力強い旨味《うまみ》が広がり、胃の奥底を刺激した。

「トンカツというものです」

気づけば、箸が口へと、次から次にカツなるものを運んでいた。

その、恐ろしくも甘美な営みの中で、マレットは思う。だからかもしれない。

だから人は料理を作ったのかもしれない。

けれど、そう、理解しかけたマレットの心をペパーミルが再び揺らした。

「食文化の豊かさは、それ自体が目的であったというよりも、繁栄のための過程だったのでしょう」

最後の一切れを前に、マレットはペパーミルをじっと見つめた。

ペパーミルは台座を布巾《ふきん》で拭きながら、こう続けた。

「電池などという完全な栄養を生産するべくもなかった遥《はる》か昔の人々は、今よりずっと多様な食物を、多様な加工を通して口にする必要がありました。それは贅沢《ぜいたく》でもなんでもなく、紛れもない必然に支えられた行為でした。しかし、それが文化として根付いてしまったことで、人々はそこに囚《とら》われるようになった。だからあなた方が手に入れたものは、思うに……」

そこまで言って、ペパーミルは言葉を切った。

「いえ、なんでもありません」

マレットは、彼が何か重大な事実を隠匿《いんとく》したのだとすぐに悟った。けれど、聞き返さなかった。

その先には人類にとって不都合な答えがある気がして、恐ろしかったのだ。

ブタの肉を調達したことで、ペパーミルの料理はより一層の捗《はかど》りを見せた。

三十食以上食べる頃には、マレットは料理の基本的な概念を理解しつつあった。

料理とは、材料を加熱することにより胃にかかる負担を減らす合理的な手法であること。加熱には煮る、焼く、揚げる、蒸す等、様々な手段があること。哺乳《ほにゅう》類の肉は脂っ気と強い風味を持ち、料理の主軸になるということ。そして肉の臭みを抑えるために、特定の香りの強い植物の葉が有効だということ。

それらの知を包括するならば、次の通りになる。

料理とは、古世人の持っていた高度なテクノロジーだと。

そしてその気づきが、なぜこの体が料理を求めるのか、という問いへの答えを彼女に与えた。

「私は、過去を知りたいのだ」

ペパーミルに出会って実に、半年が過ぎた頃。夕焼けに包まれる遺跡で、彼女はそう口にした。

けれど、文脈を汲《く》んだペパーミルは頭部を左右に回し、否定を表した。

「残念ながら、自分にはそれを語る機能はありません。見てわかる通り、ここは廃墟。データベースはとうに失われてしまいました」

別段、落胆はなかった。

ペパーミルは博学だったが、人類文明の衰退の過程やウエイツ軍の本拠地など、答えられない問いは多くあった。ただそれは、軍規に縛られているからというわけではなく、本当にデータを持たないため、というのは明らかだった。

それに――。

マレットはその時、それでもいいかと思えたのだ。

別に、料理を楽しむために、なんら目的は必要ないんじゃないかと。ただ、この古代のテクノロジーの産物に舌鼓《したつづみ》を打つだけで、価値ある時間なんじゃないかと。

そんな彼女の柔らかな妥協を崩したのは、ペパーミルだった。

「でも自分は、料理を通してあなたにそれを見せることができる」

マレットが顔を上げた。

山の背に飲み込まれつつある陽《ひ》の光を浴び、ペパーミルの頭部は赤く輝いていた。

「すでにお気づきでしょう。食とは、歴史。ヒトをその時代に導いた、時間の流れそのものなのです」

「私に、歴史を見せることができるのか」

「しかしそのためには、これまでのどの食材よりもはるかに入手困難な材料と、恐ろしく長い調理時間が必要になります」

随分《ずいぶん》と大仰な話だが、そうだった。ペパーミルとは大仰なことを言うやつだった。

「もったいぶらずに教えろ。その素材とは、なんだ」

マレットは立ち上がり、ペパーミルを狙撃手の眼差《まなざ》しで射貫いた。

「素材の名はスパイス――〝博物館〟に眠る人類の秘宝です」

ラップが空を見上げると、そこにはいつの間にか星空が広がっている。

ふと広場の方を見やると講堂の煙突から白い煙が立ち昇っていて、そうかと思うと鼻腔をくすぐる刺激的な匂いが漂い始める。初めて嗅《か》ぐ匂いだった。ラップはその匂いを形容する言葉を知らなかったが、嫌いではないと思った。

ラップはマレットの方へと視線を戻し、訊ねる。

「狙撃手は、その〝博物館〟という場所にいたんですか」

「本当に君は、せっかちな子だねえ。いま少し、待ちな」

マレットはラップの頭にしわがれた手を寄せ、語りを再開した。


〝博物館〟とは、ウエイツ軍の有する巨大倉庫の異名だった。すり鉢村から木踏地域を抜け南南西に二十キロほど進んだ森の中に忽然《こつぜん》と佇《たたず》んでいる。存在自体は遠征隊の古い記憶によって認知されているが、厳重な警備体制の反面、備蓄されているものが武器ではなかったため、長年攻略対象には上がらない敵拠点だった。

お前がウエイツと直接交渉することはできないのか、と訊ねると、ペパーミルは首を左右に回して次のように答えたのだった。

「難しいでしょう。自分の通信機能は、とっくの昔に壊れています。自分が現地に赴くことができない以上、あなたがとってくるしかない」

マレットは自警軍の上層部に遠征届を通達し、万全の準備のもと単身で未踏地域へと踏み出した。

深い森の中を通る二十キロという距離は、容易《たやす》く移動できる道のりではなく、マレットは早朝出立し、移動にはほぼ六時間をかけた。途中、周囲を警戒しながら沢の水を飲み、コートの内ポケットから出した電池を口にした。

少し分厚く作られた表面は香ばしく焼かれてカリカリとした食感と塩味があり、それに比べて内部はほんの少ししっとりとしていて甘味がある。戸主たちに訊ねたところ呆気《あっけ》なく明かされた製法は、大豆という植物の乾果を加熱乾燥させたものを軸に、十七種の植物と三種の藻《そう》類を混合したものであるらしい。これ自体、けっして悪い味ではない。しかし一口齧《かじ》るたびに、ペパーミルの作る料理が頭に浮かんで仕方がなかった。

己の命に直結する、十分尊い食料であるはずなのに。

随分と毒されてしまった、と――。マレットは少し冷笑的になってみもする。

わずか二分半の食事を終え、残りを歩き切ると、マレットの前には巨大な箱状の施設が立ち現れる。

〝博物館〟は四方を高い塀に囲われた構造で、西と北に一つずつある門はどちらも固い警備に守られている。正面突破は不可能に近い。ただ幸い、要塞ではないためか内部の警備には多少の粗《あら》があった。マレットはまず鉤縄《かぎなわ》を使って塀をよじ登って鉄条網を腐食液で溶かすと、脱出用の縄を下ろしつつ敷地内に踏み入った。

敵地への潜入は、初めてではなかった。戦略拠点に押し入り、武器類を略奪する作戦というものに、何度か参加したことがあったためだ。しかし今回の任務は大人数での略奪行為ではなく、単騎の盗みである。必然、相手に見つからないことが最重要課題となる。

マレットの頭の中には、ペパーミルが木板に彫って図示してくれた博物館の地図があった。地図によると博物館は縦に並んだ四つの大きな倉庫と、それらを繋ぐ細長い柱廊によって構成されていて、スパイスは侵入部分から数えて三つ目の倉庫に存在するらしい。

倉庫の内部には、天井まで届く巨大な棚が整然と並んでいて、棚には無数の箱がそれぞれに振られた識別番号順に、所狭しと並んでいるのであった。

仮想の地図を辿り、物陰《ものかげ》に隠れながら庫内を進む最中。

マレットは考えていた。

博物館に安置された備品は全て、古世人の遺物であるらしい。村の連中はそれらの遺物には関心を持たず、武器のみを求めて略奪を行う。だがそれは無理もない話なのだ。ウエイツは元は、人が作った〝思考部品〟を持つ装置だった。〝思考部品〟はウエイツの他にも、幾つもの遺物に包含《ほうがん》されていると聞く。だから人は、遺物全般を恐れている。

それならばなぜ、ウエイツは博物館など作ったのか。

ペパーミルはなぜ、歴史を見せると言ったのか。

「人に害なす怪物どもが人の過去をありがたがるなんて。ひどい皮肉じゃないか」

囁くように告げて転がり込んだ三つ目の倉庫で、マレットはペパーミルに教えられた識別番号を探った。途中、何度か見回りのウエイツに鉢合わせそうになったが、とにかく箱の数は膨大だったので隙間《すきま》に入り込んでやり過ごした。

目的の識別番号は、意外なほどあっけなく見つかった。

あまりにも順調で、拍子抜けしてしまいそうになる。

棚のかなり高い位置に置かれたそれを取るには、まず梯子《はしご》を使ってよじ登る必要があった。目的の箱自体はかなり小さく、小脇に抱えられる程度の大きさである。

ペパーミル曰く、スパイスとは、幾種類もの強い香りを持つ種子や果実を、乾燥して粉末状に砕いたものであるという。それ自体も強い香りを放つため、瓶や缶などに厳重に密閉されているだろうという話だった。

マレットは中身を裸で運び出そうと、ナイフを箱に当てがった。

しかし、
中から出てきたのは粉末などではなく、一枚の小さな金属片だった。

「なんだ、これは」

「これが、スパイス……？」

小指の爪ほどの大きさの金属片の表面には細かな文字が刻まれていて、マレットの視力を持ってしても読み取ることは困難だった。マレットは箱に刻まれた識別番号を再度確認し、取り違いも考えて付近の箱も手当たり次第に開封した。しかし粉状の積荷は、どこにもなかった。

「まさか、ペパーミルが騙《だま》したのか？　私を、敵地に送り込むために……？」

不信感が胸の中を支配した、ちょうどその時だった。

銃声が響いた。

同時にマレットの足元にあった箱が、弾け飛んだ。

（まずい！　扉守《ゲートキーパー》りか！）

金属片を内ポケットに押し込むと、マレットは即座に戦闘態勢へと移行した。

箱の弾け飛んだ方向と音源から敵の位置を推測する最中、続けざまに放たれた二発目。

右耳の上スレスレ、頭皮を少し持っていかれた。今度は正確に補正をかけてきた。敵の使っている銃の性能はかなり悪いと見えるが、二発も外してもらったのだ。これ以上の幸運は、望むべくもない。

おおよその方向の特定が終わるのと同時に、マレットは高さの利を捨て棚から滑り降りる。着地と同時に受け身を取り、なるべく大きな箱を背にしてかがむ。

頭上を貫く三発目。

マレットは、己が心にじっとりと染みついた落胆を自覚する。

スパイスは、なかった。スパイスがなければペパーミルは料理を作れない。〝歴史〟を見ることも、もうない。

そこで、はたとマレットは思う。

なぜ怒りではなく、落胆が勝るのか。

ペパーミルは自分を騙したかもしれないのに。その可能性は十分あるのに。どうしてまだ、ペパーミルを信じようとしているのか。

心を違和感に囚われたまま、マレットは前進した。扉守り《ゲートキーパー》は一体。だがここは敵地、すぐに味方が駆けつけてくるだろう。経験則から割り出される増援までのタイムリミット。

握った銃の重みを拠り所に、敵との距離を詰める。

棚の金属質の支柱に跳弾し、足元を穿った四発目。

マレットの脳裏には、ペパーミルとのやりとりが浮かんでいる。

——なあ、ペパー。

ペパーミルはその時、木板に地図を彫っていた。

——もしもスパイスを手に入れる過程でウエイツと敵対する状況になったら、私は迷わずウエイツを撃つぞ。それでもお前は、何も感じないのか。

ペパーミルは顔を上げずに答える。

——自分に人並みの情をお望みなら、残念ながらその期待には添えません。自分は、板前。お客様に料理を作ることを役割《ミッション》にするウエイツ。

ペパーミルはそこで地図を彫る手を止めると、頭部を二周ほど回し考える仕草を表したのち、次のように続けたのだった。

——ですがすべての意志が死後にいたりつく場所がもしもあるとするなら、その時改めて彼らに詫《わ》びることにします。

マレットが箱の陰から転がり出ると、百メートルほど先に同じく棚の陰に身を隠すウエイツの姿が見えた。細長い人形で、手には古びたライフル銃が握られていた。

腰を低く落とし、銃を構える。

ほぼ同じタイミングで、相手も全く同じ姿勢を取っている。

役割に、敬虔であれ。

そうすれば心を挟む余地など生まれるべくもないのだから。

マレットは目尻を引きしぼり、引き金を引いた。


夕暮れの帰路に思うことは、全身を包む疲れと虚《むな》しさと、そして微《かす》かな申し訳なさだった。

スパイスはなかった。少なくとも、博物館には。

ペパーミルの顔が――頭部ユニットが、浮かぶ。表情を持たないはずの鉄塊《てっかい》は、しかし明らかに落胆とわかる反応を、今度も全身を使って器用に表するのだろう。だから、申し訳なかった。ペパーミルも、板前としての役割に敬虔でありたかったろう。

マレット自身がそうであるように。

異変を感じ取ったのは、森の中に浮かぶ遺跡のガラスの天井が見え始めた時だった。あたりはすでにランタンの明かりがなければ一歩も進むことが憚《はばか》られるような一面の闇《やみ》である。それなのに遺跡のガラスに、光が反射して見えたのだ。

遺跡の入り口に差し掛かると、すぐに複数の人間の声が聞こえた。どこか興奮に満ちた声色《こわいろ》に、マレットの額《ひたい》に汗が張る。

低層のフロアに立ち入ったと同時に、その光景は目に飛び込んできた。

地面から切り離され、両腕も完全に破壊されたペパーミルが、地面に横たえられていたのだ。そのボロボロのボディを囲むのは、武装した自警軍の遊撃隊たちだった。

「マレットさん！」

隊員の一人はそう叫ぶと、安堵《あんど》の表情を浮かべながらマレットの方へと駆け寄った。

「偵察隊の一人が、見慣れない遺跡を発見したとの報告を上げまして。駆けつけたところ、言語を操る上位種と判断し、即時鎮圧しました！」

隊員は瞳をキラキラと輝かせてそう告げる。

マレット・ブルーサイトは最大撃破数のみならず、遠征で多くの上位種を倒した実績をも持つ自警軍の英雄。若い隊員の目は、そんな彼女からの称賛を渇望するように色めき立っている。

マレットはジャケットの裾を強く握り込み、告げた。

「お前たち、そこをどいてくれ」

「でも…」

食い下がる隊員たちに向け、マレットは叫んだ。

「私はお前たちの上官だぞ！　これは命令だ！　どけ！」

マレットの気迫に気押《けお》された隊員たちが道を開ける中、マレットはペパーミルのところへまっすぐ歩いて行く。

呆然《ぼうぜん》とする隊員たちに囲まれながら、マレットはペパーミルのそばに跪《ひざまず》くと、朽ちた首元に手を回し問いを放った。

「ペパー、おい！　しっかりしろ！」

地面と切り離されてもなお、内部電源が残っているのだろう。

頭部モジュールの右のランプだけ点灯させると、ペパーミルは答えた。

「スパイス、は」

「識別番号の振られた箱からは、この小さな金属片が見つかっただけだった……スパイスは……なかったよ」

マレットは内ポケットから金属片を取り、ペパーミルの眼前へと突きつける。

ペパーミルは頭部をゆっくり一回転させると、

「よく、聞いてください」

途切れ途切れの音声を繋いで、語り始める。

「そのチップの中には、七十二の植物の遺伝子情報が、収められています。ここから南東へ四十キロの地点に〝研究所〟という遺跡があります。ドーム状の特徴的な、外見なので、捜索は、困難ではないでしょう」

「おい！　何を言っているのかわからないぞ！」

マレットはペパーミルの肩をゆすったが、彼は言葉を紡《つむ》ぐことをやめなかった。

「そこには〝復元装置〟があります。復元装置に、そのチップを挿してください。忌械民《ラダイト》の生き残りである、あなた方には、屈辱《くつじょく》的なこと、かもしれません。ですが、チップの中にはスパイスと、自分が作りたかった、最後の料理の調理法が、詳述されています」

「私はお前のためにスパイスを持ってきたんだ！」

マレットの頭にはずっと、ペパーミルの存在がちらついていた。

文明を顧《かえり》みるとか、歴史に触れるとか、そんな大仰なことは所詮《しょせん》は言い訳だった。料理を味わいたいという願いでさえ、理由の全てではなかった。

「お前の、役割《ミッション》のためだ！」

そうだ。

マレットは漸《ようや》く気づく。私はいつからかお前の役割への忠誠に、魅せられていたんだ。

けれどペパーミルは、消えかかったランプを点灯させ、

「いいえ」

頭部を左右に振ると、最後に、消えゆく声で囁くのだった。

「役割は、すでに完遂されましたよ」


支柱に手をつき、ハンギングチェアから緩慢に立ち上がると、マレットはラップへ訊ねた。

「もうわかったかね？」

ラップが曖昧《あいまい》に頷くので、マレットは苦笑を交えて続けた。

「狙撃手とは、扉守り《ゲートキーパー》ではない。ペパーミルこそが、そうだ」

マレットは一面の畑を見やると、広場へと通じる道を下り始めた。

進むごとに濃くなる刺激的な香りに、ラップは胃の腑がぎゅるりと捩《ねじ》れるような感覚に苛《さいな》まれる。

「私は〝研究所〟に赴きスパイスの復元を試みたが、一朝一夕《いっちょういっせき》では済まなかった。恐ろしく長い調理時間とは、私にとっては四十年を意味していた。必要な種子を復元し、畑を起こし、それらの安定的な収穫を迎えるのに、余生の全てを費やした。いつしか私の畑は〝黄金色の丘〟などと大仰な呼ばれ方をするようになった」

「でも、あなたは生きています。ペパーミルがあなたより優秀な狙撃手だったなら、あなたはここにいないはずです」

「戦いの論理ならばそうだろう。けれど私が生きてここにいることこそ、彼の策略だった。きっとそうさ」

広場まで下りて講堂に向かうと、そこにはすでに村の人間全員が集まっていた。

整然と並べられた長机に肩を寄せ合って並ぶ人々の目前には大きな平たい陶器の皿が並べられていて、そこにはすでに拳《こぶし》二つ分ほどの量の白米がこんもりと盛られている。

今、厨房《ちゅうぼう》の方から調理人たちが巨大な寸胴《ずんどう》を乗せた配膳台を引いてくると、人々の顔に期待が一斉に灯《とも》った。

「紛れもなく、彼の狙いは私だったよ。私の胃袋を射貫き、そしてこの村全員の胃袋を射貫いた。人類が長い時間をかけて培《つちか》った料理に頼らない完璧な兵站網を、たった四十年で破壊してしまった」

隣り合って座ったマレットとラップのもとにも配膳台はやってきて、調理人たちが陶器の器に寸胴の中からそれを掬《すく》って、たっぷりと盛り付ける。

「彼は人に、食卓を囲むと笑顔になることを思い出させてしまった」

そうしてその一皿はついに、マレット・ブルーサイトの前で完成を見た。

にんじんとじゃがいも、豚バラ肉と玉ねぎをスパイスで煮込んだ、黄金色の一皿。素朴《そぼく》な素材の全てが渾然《こんぜん》一体となり、非常に高いレベルで収斂《しゅうれん》した人類の秘宝。

「いただきます」

マレットが声を上げるとみなその祝詞《しゆくし》を唱和し、そして人々は思い思いに匙を動かし始めた。

すぐに講堂は、鋼《はがね》と陶器が触れ合う独特の音で満たされる。

幸せそうな歓声に囲まれながら、マレットは静かに告げる。

「これが、敗北の味というやつか」

粘度のあるスープに鋼の匙を沈め、米と共に口に運んだ。

長い吟味《ぎんみ》の後、四十年近く、ずっと口にすることを拒んできたその言葉を、マレットは漸く告げるのだった。

「美味《うま》いじゃないか」

切り株のあちらに

新井素子

Arai Motoko

なだらかに広がる土地。ここは、つい、この間まで田んぼだった。でも、収穫が終わった今、ここにあるのは、ただ、田んぼの上に残る、収穫された稲の切り株だけ。

それを、あたしとおじいちゃんが眺めている。この光景は、いつ見ても……なんか、特殊な気持ちをあたしに与える。

「こんな広々とした処で、今まで、お米を作っていたのか。これって、すっごい、広いよね」って気持ち。そうだ、これはもの凄《すご》く広いのだ。意味がないくらい、広いのだ。

あたしとおじいちゃんは、並んで立っている。ちょっと前まで、あたしはおじいちゃんの車椅子《いす》を押していたんだけれど、おじいちゃんは車椅子から立ち上がって、あたしの手を握っている。この田んぼの向こうには、この地域で収穫されたお米を貯蔵している倉庫がある。それが、切り株だけの土地の、はるか向こうに、ちらっと見える。

あたしの手をおじいちゃんがぎゅっと握る。

「ゆたか。本当にいいのか？　おまえは本当に」

ぎゅっと。あたしは、おじいちゃんの手を握り返す。

「いいんだよ、おじいちゃん。あたしは、やるつもりなの」

そうだ。やるつもりなの。

これは多分（じゃなくて絶対）、違法行為。そんなこと、あたしだってよく判っている。

そしてあたしがそれをやってしまうと、おじいちゃんが多分（じゃなくて絶対）、すっごく苦しむこと、それもよく判っている。でも……これは多分（じゃなくて絶対）、〝もの凄く正しい〟ことなのだ。少なくとも、あたしはそう思っている。

だから、ぎゅっ。

おじいちゃんの手を、ぎゅっ。

ここは、島だ。いや、島というには広い。とはいえ、大陸と呼ぶには程遠い。おじいちゃんが生まれた頃（やっとワープ航法が一般的になり、宇宙船が光速の壁を超えて移動できるようになってちょっとした頃）、地球日本からの移民船がついた島。大変微妙な面積。だからまあ、いろんなものがいろいろと微妙だった。

まず、島であるのに、かなり平坦。平野が島の大半を占めている。（地球の場合、島と呼ばれるものには、あまり平野がないことが多いらしい。火山等の関係で、海の中でそびえたった土地が、島と呼ばれることが多いのだから。）とはいえ、この平野が、あたしの知らない地球規模でいえば広いのかというと……そんなにまあ、広くはないよね。この島のことを、おじいちゃん達の世代のひとはネオ・ジャパンって称していて……まあ、地球日本からの移民達が、新たにこの星に地球の日本の飛び地を作ったたって感じでいたらしい。

おじいちゃんは、移民船の中で生まれたひとだから。だから、当然、おじいちゃんも地球のことを知らない。あたしなんて、〝知らない〟だけじゃない、「我々のルーツは太陽系の地球にある」っていくら初等学校の授業で教えられても、そもそも、太陽系ってものが感覚的によく判らない。いや、他の星系だってことは判るのよ、頭では全部理解できている。3D宇宙図で太陽系の映像だってよく見せられた。その地球の映像を拡大すると、大陸の脇、海の中にぽつんとある、弧《こ》状の列島が見えてくるのも判る。大陸の端っこに寄り添っているような、脇には大きな海が広がっている、そんな映像をよく見せられた。そして、それが、地球日本だって教わった。あたし達のルーツは、太陽系の地球にあるだけじゃなくて、そもそも、この弧状列島にあるんだって何度も何度も言われた。けど……それが、何？

この惑星には、あたし達が住んでいるネオ・ジャパン以外にも、いくつかの国がある。いやまた、〝国〟っていう概念があたしにはよく判らないんだけれど……えー……その……地球から纏《まと》まって国家主導の下やってきた移民が、その場所を、地球と同じ名前にする……こと？　それが、〝国〟？　（多分違うと思う。）

あたしが住んでいる処は、ネオ・ジャパン。同じく、ニューアメリカとか、新中国とかって名乗っている地域があって（うちの島ではない。もっと別な処に）……ここは、おじいちゃんに言わせると、〝外国〟なんだっていう。それから、ちょっと後に民間の船で来た、国として名乗っていない、そんなひと達が住んでいる処もある。

はい。〝外国〟。ないしは〝国〟。これもまた、あたしにはまったく判らない概念なんだけれど……おじいちゃんには当然の概念らしい。

えーと……おじいちゃんの親（つまりは、あたしにとってのひいおじいちゃん達だ）は、地球星人なんだ、よね。そして、この惑星にある、他の国のひとも……アメリカ人とか中国人とか、おじいちゃんが自分のことを「日本人」だって主張する意味では、アメリカのひととか中国のひとって言えばそうなんだろうけれど……でも、このひと達、みんな、地球星人ではないのか？　あたしにしてみれば、そうとしか思えない。みんな、地球星人。それを、自分の出身地に則《のっと》って、日本人だの中国人だのアメリカ人だのって名乗る気持ちが……全く判らない。どう考えても同じ星で生まれ育った、同じ動物のホモ・サピエンスなんだから、纏めて地球星人で何が悪いの。

まあ、でも。現在の状況は、そんなものなのだ。なんか、〝国〟っていう概念が、少なくともおじいちゃんの世代には、ある。（あたしの親世代は、微妙。あたしの世代では……ないっちゃ、ない、な。うちのおじいちゃんは言わないけれど、おじいちゃん達の世代のひとに、「おまえ達の世代にはほんとに愛国心ってものがない」ってよく言われるんだけれど……それ、何よ?)

「これは私も話で聞いているだけなんだけれどね、移民に乗り出す当時の地球日本では、〝少子化〟というのが非常に問題になっていたようなんだ」

おじいちゃんの昔話に、必ず出てくる言葉がこれ。〝少子化〟。でもって、実はこの言葉、今のあたしはもの凄くよく知っている。

「親父《おやじ》の話では……ああ、ええと……ゆたかにとっては会ったことがないひいおじいちゃんの話では、これの原因は、当時の日本で、さんざん取り沙汰《ざた》されたらしい。何故《なぜ》、子供の数が減ってしまうのか」

うん。

「まず、子供の養育に費用がかかりすぎるということ。その為、多くの世帯では、経済的な問題で子供を作れなかった。生物の自然として、子供を生むことができたとしても……その子を自分達と同じ程度まで教育することが、経済的にむずかしかった。あるいは、一人は子供を作れても、二人目の子供を育てるのが経済的に辛かった。二人以上の子供ができた場合、最初の子と同じ程度の経済的資源を次の子供には割けないことが自明だった。

当然、その子供に与えることができる教育の質は、劣ってしまう」

　まあ……これでは子供が少なくなるに決まっている。当たり前だが、人間は哺乳《ほにゅう》類なので、男と女が番《つが》いになって子供を作る。そして、一カップルの男と女の間に生まれる子供の数が、二を越していなければ、そりゃ、人口はじり貧になる（だって、できた子供が全員大人になって次世代の繁殖ができる訳じゃないからね。故《ゆえ》に、二では、足りないのだ）。そして、ある程度の水準の文化に浴している人間は、自分の子供が、それ以下の文化でしか育てられないことに諾《うべな》わない。それも、また、判る。なら、年を経《へ》る毎に、人口曲線はあきらかに収斂《しゅうれん》してゆく筈《はず》。

「また。まったく違う話もあったんだよ。当時、地球では様々な化学物質の影響でか、地球温暖化という異常な気象変動の為でか、野生動物の繁殖もあやしくなってきているという傾向があった。勿論《もちろん》、人類も地球産の動物であるので、それらの影響を受け、人類自体が減少傾向にはいっていた、という可能性も、ある」

　その場合は。確かに、これは、人間が努力して何とかできるものではないよね。

「それからまた。まったく違う話もあったんだな。これは、当時の社会状況の話なんだが……その頃は、社会のあり方というものが、今とはまったく違っていてね。人口減少が問題になる前までは、夫婦はあんまり平等ではなかったんだ。男が女を養い、女は男に養われる。だから、社会的にやらなければいけないことはすべて男がやり、そのかわりに子供の出産とその養育と、家事って呼ばれている〝子供の養育場としての家庭〟を維持する仕事は、すべて女がやらなきゃいけないことだったんだ。〝出産〟と〝子供の養育〟と〝家事〟は、社会的に認められた〝仕事〟ではなくて、〝女がやって当たり前のこと〟だったんだ。男は仕事をして、女子供を養っているのだから、それは偉くて大変だ。だが、女は、ただ、当たり前のことを当たり前にやっているだけ。その労働を認められる訳でもなく、評価される訳でもなく、むしろ、やらなかったり失敗したら、ひたすら責められることになった訳だ。男が苦労して養って〝あげて〟いるのに、〝養ってもらっている女〟が、当たり前のことができないのなら、それは、女の方の不備だって」

「…………」

あたしが。もの凄く不満な顔をしているのが判ったのかな、おじいちゃん、笑って。

「勿論、今、ゆたかが思っているとおり。これは……当時の男性は絶対に認めなかったのだが、女性にかかっていた負担が多すぎた。というか、あきらかに、何か変だ。子供の養育、つまり次世代の養育っていうのは、動物にとって非常に重要……というか、それ以上に重要なことはないよね。なのに、社会的に、重要であるのは男がやっている〝仕事〟であって、女がやっている子供の出産と養育は、やって当たり前のことだと思われていた。

そういう扱いを、ずっと女は強《し》いられていて……当然のことながら、時代が進むと男に養われるだけの状況に諾わない女性がでてきて、彼女達が社会に進出し……その結果、少子化が進んでしまった、という意見もある」

むううう。あたしの不満顔はもっとふくれる。と、おじいちゃん、またちょっと笑って。

「これは、そう簡単な問題ではないんだ。この時代……女性がひたすら差別され搾取《さくしゅ》されていたっていう訳でもないんだ。……いや、女性はそう思っていたかも知れないんだけれど……当時の常識は、そういうものではなくて」

そういうものではなくて。じゃ、どういうものなんだ。

「何て言うのかなあ……常識が、今とは違う。ゆたかには判らないことかも知れないけれど、〝社会の常識〟というのは相当の拘束力を持つ。だから、常識が違う社会というのは、まるで違う世界なんだ」

でも、だからって、女性が社会に進出したから、だから女性が少子化の犯人扱いされるっていうのは、あんまりだろうと思う。

と。

こんなあたしの心を読んだのか、おじいちゃん、まったく違う話題を口にする。

「それから……社会常識って言うのなら、ＬＧＢＴＱって問題もあった」

「それ、何」

「……まあ……ざっくり言って、性自認が本来の性別とは違うひととか……同性を愛するひと、そんなひと達を纏めた名称、かな。無茶苦茶おおざっぱなんだけれど」

ああ、成程。そういうひと達は結構いる。昔は、そういうひと達にＬなんとかかんとかって名称がついていたのか。(今では、そういうひとは普通にいるので、そういう名称はついていない。たとえば、色のうち、赤が好きなひとや青が好きなひとや黄色が好きなひとがいたとして――勿論いるんだが――、そういうひとに、別に名称をつけないじゃない。このひとは赤好きだから〝赤族〟とか、黄色が好きだから〝黄族〟とか。そんなの区別する意味がまったくない。だから、そういうひと達に個別の名称をつけ、他のひとと区別することは、今では、ない。)

ただ。たったひとつ判ることは……こういうひと達は、人口増大にあんまり関与していない。でも、ひとというのは、人口を増やす為に存在している訳ではない筈だから……。

「そこで」

おじいちゃんはくすっと笑う。

「昔。地球を出て……この惑星に移民しようとした時。私達の先祖は、思った訳だ」

何故、人口は減っているのか？

子供を養育するのが辛いという社会状況のせいなのか？

それまで、男に隷属《れいぞく》するしかなかった女が社会的に目覚めて、社会進出をしてしまい、そのせいで殆《ほとん》ど女性任せだった子育てに遣う社会的な資源が、減ってしまったせいか？

あるいは、男と女っていう性別による社会に納得ができなかったひと達が増えてしまったせいなのか？

だから。当時の社会は……もの凄い勢いで、頑張ったらしい。学業に対する各種制度が充実し、片親しかいない家庭に対する保障も素晴らしい勢いで充実し……でも、それは、人口減少に対して、何の効果も及ぼさなかった。

（ここで。温暖化やホルモンなんかの問題で、「そもそも野生動物が繁殖しにくくなってきてしまった」っていう地球環境問題は、無視された。いや、だって、それを問題にしちゃうと、も、どうしようもなくなっちゃうからね。本当にどうしようもない問題は、無視するのが当時の地球では当たり前だったらしい。）

「私達の先祖は、思った訳だ」

おじいちゃんは台詞《せりふ》を続ける。

「そういうのとはまったく違う理由があるのかも知れない、と」

そうだ。それが、惑星間移民が進んだ、本当の理由だ。

「それまで、人口はずっと、右肩あがりだった。当時の社会を思えば……少なくとも日本の場合は、戦争なんかがあって、人口が減ってしまった場合を除いては、ずっとずっと、人口は右肩あがりで増えていった。だが……歴史的に言って、人口がもの凄い勢いで減ってしまった、そんなことが、あった。……いや……人口、減るなんてもんじゃないわな、一部地域のひとが絶滅しかかったことだって、あったんだ。飢饉《ききん》、という言葉を、ゆたかは知っているのかな」

飢饉。

この言葉を口にした時の……おじいちゃんの声は、重い。

「気象的な問題で、米が、いや、すべての穀物ができなくなったこと、〝飢饉〟という言葉は、それのことだ。食べるものがない。……いや、勿論、私はその時のことなんか知らない。というか、今、私なんかが〝飢饉〟という言葉を口にしたら、あるいはご先祖様に怒られるかも知れない。そのくらい、今までの生涯において、御飯に不自由をしなかった私なんかが言ってはいけない言葉、それが〝飢饉〟なのかも知れないのだが、昔は、そんなことがあったんだよ」


飢饉。

これは凄い言葉だ。この言葉が意味することっていえば……その……とにかく……御飯が、ない。食べるものがない。これに尽きる。

でも、これがもう、どういう状況であるのか、あたしには感覚的に判らない。

けど、そういう状況が……あった、らしい、のだ、昔には。

そして。それを回避する為に。

いや、そのずっと前から。

人類はやっていた。

〝農業〟というものを。


そもそも。

それまでの人類の発展は、〝あり得ない〟ことだった。だって。

人類は、とにかく増える。それまで、ずっと、増え続けていた。右肩あがりでひたすら人類が増える、だが、こんなことは、普通あり得ない。

あり得ない。とある一種類の動物が、ずっと右肩あがりで増える、増え続けるのが普通である……そんなこと、絶対にあり得ない。

何故かっていえば、自分達が増えすぎてしまえば、自分達のエサである捕食される動物が減る、ないしは自分達を養ってくれる植物が減る、それで、すべての動物は……ある程度以上は増えられないようになっているのだ。自然が、世界が、その動物がある程度以上増えないように、それを抑制しているのだ。これで、調和がとれているのだ。

そもそも〝飢饉〟というものは、「人類はこれ以上増えるのやめましょうね」っていう、〝自然〟からの、〝世界〟からの、注意信号だったのだろうと思う。

だが。

人類は、それを乗り越えて増えてしまった。

あり得ないことに。


〝農業〟。

……これは……。

すごい発明である。これは、食物連鎖ピラミッドの下層を勝手に増やす、ピフミッドの頂点にいる人類が、勝手にピラミッドそのものを拡張してしまう、そんな掟破《おきて》りの、そんな無茶な方策だ。だが、確かにこれをやっている限り……人類は、増え続けることができた。

だから、人類は、無理に無理を重ねた。〝飢饉〟なんてマイナス・インパクトがあったら、もう、全力でそれを跳ね返すように努力した。

とにかく、人口は増え続ける。農業は、更に無理を重ねる。改革を重ね、新しい方策を考えつき……そして、どう考えても〝養えない〟、そんな数の人間を、養い続ける。（また、牧畜だの魚の養殖だの、そういう〝食物連鎖ピラミッド〟の下層を無理矢理増やす行為だって、人類はやった。やり続けた。）

だが。これがそのまま増大する為には……右肩あがりで増え続ける人類を養うことができる、そういう、〝新たな土地〟が、絶対に必要なのだ。農業をやる、牧畜をやる、養殖をやる、そんな土地。それが、フロンティア。増えすぎてしまった人類を養う、食物連鎖ピラミッドの下層を拡張することができる、そんな植物や動物が繁殖することができる、新たな土地。

でも、当時の地球は、すでにどこもここも開発され尽くされていて……〝新たな土地〟

というものがなかった。

だから。

惑星間移民というものが、成立した。

新たな土地、フロンティア。

これを手にいれる為に、惑星間移民は成立し、あたしの祖祖父母、そして、おじいちゃんは、この星にやってきた。

でも……。

「何が間違っていたんだろうか……」

おじいちゃんは、しみじみと、言う。

「結局。新たな土地があっても、それでも……それでも、人類は、増えなかった」

うん。事実が、そうである。

フロンティアを求めて、新たな土地を求めて、そしてやった移民事業も……今では停滞している。何故ならば、少子化ということ自体が……この、ネオ・ジャパンでも、ニューアメリカでも、新中国でも、同時に起こっているからだ。あたしが、〝少子化〟って言葉をよく知っているのは、別におじいちゃんに聞いたからじゃない、あたし自身が、この言葉をよく聞いていたからだ。開発するべき土地があっても、それで〝新しい十地〟がどんなにできても、この土地で農業が発展し、素晴らしい程の量のお米が収穫されても……それでも、減ってしまうのだ、人口は。新しい、まったく手つかずの、いくらでも開発ができ、農業が盛んな土地に来ても……それでも、何故か、人口はあんまり増えなかった。

いや、最初の頃はね、おじいちゃんの世代ではね、一組の夫婦の出生率は、二を超えていたのね。だから、移民政府はもの凄く喜んだのね。

でも。二を超えているっていっても、それは、二・三とか、そのくらい。これでは……成人になる前に事故や病気で亡くなってしまう子供がいる以上……あんまり、人口、増えることにはならなかった。よくて横ばい。

そして。うちの親の世代になると、出生率はもっと減った。一・八とか。

あたしの世代になると……あたしはまだ十六歳なので、同世代で結婚しているひとはほぼいないんだけれど……あたし達の世代が繁殖しだしたら、この数は、もっと減ることになるだろう。この数字は、公式にはまだでていない。でも、一・八を下回ることは確実。

だが。

まったく違う数字を叩き出している処もあるんだ。


国主導の移民事業ではなく、民間が勝手にやって、そして勝手に移民してきてしまったひと達。

このひと達は……あたし達とは違って、〝国〟というバックボーンを持たない。とにかく当時の地球から逃げ出したかったひと達が、適当に移民船を調達し、逃げ出してきた、そして、この星に居ついてしまい、順次纏まって居住区を作り、そしてそこで発展した、そういうひと達だ。一般的に、〝匪賊《ひぞく》〟とか、〝ならずもの〟とか呼ばれている、そんなひと達。

だから、彼らは、この星の空いている処に適当に移住し、適当にそこに集落を作り、そこで……。

そこで、発展してきたのだ！　増え続けているのだ！

そうだ。

〝匪賊〟とか〝ならずもの〟とか言われていても、このひと達は、この星において、悪いことは何もしていない。略奪行為なんてまったくやっていない。だから、このひと達が〝匪賊〟って呼ばれるのは不当なんだが、とにかく、そう〝呼ばれて〟いるひと達。（というか、このひと達と、ネオ・ジャパンの人間は、殆ど交流がない。だから、略奪行為をしているのかどうかなんて、ネオ・ジャパンのひとに判る訳がない。それは、ちょっとでもこのひと達と交流しているあたしは、もう絶対に断言できる。）

だから。〝匪賊〟とか〝ならずもの〟っていうのは、ただ、何となく、自分達より劣っている筈と思われている人々が発展した場合、それをよく思わない、自分がより上位だと思っている人間が、つまりは国主導でやってきたひと達が、意図的に彼らを貶《おとし》めようとして言っているだけの言葉だ。

でも！

だが！

このひと達の社会には、今の処、〝少子化〟という問題が発生していない！

何故か。

それはまったく判らないのだが……とにかく、このひと達の社会には、この問題が存在しないのだ。みんな、見事に子供を生むし、増えている。

一人の母親が六人も七人も子供を生む。

勿論、一応〝国〟とかいうものをなしている他の地域に比べれば、このひと達の社会はまだ未成熟だ。（というか、社会保障というものをやってくれる〝社会〟そのものが、まだきちんと成立していない。）医療水準もあんまり高くない。故に、幼児死亡率は高い。けれど、生まれた子供の、仮に半数が死ぬとしても（勿論、幼児死亡率はそこまで高くはない）、二人の親から生まれた、三人以上の子供が生き残れるのなら……その社会は、〝増えて〟いるのだ。

ネオ・ジャパンが。ニューアメリカが。新中国が。

心の底から欲しがっている、望んでいる、希《こいねが》っている〝それ〟を。

そもそも〝国〟として認められていない、勝手な民間移民のひと達がなし遂げていたのなら……。


ここから先は、あたしの邪推だ。

このひと達のことを……ネオ・ジャパンを筆頭にした、他の〝国〟は、嫉妬《しっと》するだろう。

〝国〟として認められている、そのどの〝国〟だって、間違っても〝そう〟とは言わないだろうけど……絶対、意地でも言わないだろうけど……でも、嫉妬、したんだよね。

だから。

この星に存在している〝国〟は、新たに発生した、〝国〟主導ではないこの新興勢力のことを無視したのだ。……地理的に言って、すぐそばにあるのに、それらの地域のことを、〝ないこと〟にしたのだ。

故に、この惑星に勃発的《ぼつぱつ》に発生した、人口が増えている地域を、この星の国家は、対等な〝国〟として認めていない。（いや、そもそも、〝国〟って何なんだか、あたしにはよく判らない。）当然、交流もない。貿易の類《たぐい》も一切ない。

これは、もともとの地球ではあり得ないことだったろうと、あたしは思う。

自分の国で作れないものを作っている地域があるのなら、欲しいものを相手が作っているのなら、そりゃ、どんな〝たてまえ〟があったとしても、それ無視して貿易をするのが普通だよね。でも……。

ネオ・ジャパンも、ニューアメリカも、新中国も、ある意味では、たったひとつの要素を除いては……自分達だけで満足して、安定していたんだよね。

移民事業はある意味で成功し、社会はそれなりに豊かになった。現時点で不足している物資は特にない。ただ……人口が増えないだけだ。

そうだ、欲しいのは〝人口が増える〟という事実、それだけだ。

とはいえ、〝増えている人口〟を貰《もら》う訳にも、奪う訳にもいかない。(大体、地球の国の名前をそのまま自分達の土地につけ、そういう〝国〟を作ってしまったのだ、こういうメンタリティを持った国々は、現実に増えている新興勢力の人々にしても、まさか、〝ひと〟をのだろう。それにまあ、自分の処で増える以外の人口を欲しがる訳にはいかなかった輸出する訳にもいかなかったんだろうと思う。大体、〝ひと〟って輸出するようなものではないし。それこそ、〝奴隷《どれい》貿易〟か？　そんなこと、あっていい訳がない。)

普通だったら。これらの地域と〝国〟に交流があったのなら。移民を受け入れるっていう選択肢《し》があった筈だ。〝増えている〟地域から、どんどん移民を受け入れ、そして、ネオ・ジャパンの人口が増える。こういう政策をとるという手段はあったのだが……どの国も、それをやらなかった。不思議なことに、何故か、断固として……これをやらなかった。

あたしは、思う。

だから……きっと、ここに、〝嫉妬〟があったんだろうなって。

〝嫉妬〟しているからこそ……そして、それを絶対に認めたくないからこそ……ネオ・ジャパンは、そして他の国も……それをやらなかったんだろうなって。

だが。

民間の船で移住してきたひと達には、難点があった。

圧倒的な資金力、まあ、〝国〟じゃないんだけれど、気持ち的に、〝国〟としての体力の不足である。

国主導で行われた、ネオ・ジャパンの移民は、その背景に、〝地球日本国〟というものがあった。予算的に、これは地球の日本がバックアップしており、移民当初の頃、かなりの勢いで地球日本から〝応援船〟がつき、それは、ネオ・ジャパンの社会を整備する助けになった。ニューアメリカも同じく。（というか、ここ程裕福な移民地帯はないってくらい、地球アメリカからの援助が凄かった。）新中国も、似たようなもの。

なのに。当たり前だけれど、民間の船には、そんな援助は、なかった。どこからも、なかった。ある筈がない。

援助をもとにして、ネオ・ジャパンがまずやったのは、お米の栽培。あっという間に、ネオ・ジャパンの平野部は、かなりの部分が水田になり……その、収穫された跡を、今、あたしは見ている。

そうなんだ。

今、あたしは見ている。

切り株だけになった、そんな、以前田んぼであった処を。


広い。

広すぎる。


只今《ただいま》現在。

ここで収穫されたお米は、そのまま精米され、あたし達の社会に流通している。あたし達はそれを食べている。けれど。

実の処、それは余っているのだ。

いや、ほんと、これ、大事。

今、お米は余っているのだ。少なくとも、この、ネオ・ジャパンでは。

この世界に移民船が着いた時、移民船にいたひと達は、移民が全部、そのまま右肩あがりの人口曲線を描くものだと思っていた。というか、それこそが、それだけが、その時の人々にとっての夢だった。だから、その、増えるべき人口曲線に備えて、お米の生産量を調整した。

　そして、ＡＩは、この命令を遵守《じゅんしゅ》した。

　だから、只今。

　今、枯れてしまっている田んぼでは、かなりのお米が収穫されたのだった。

　ひとが減ってしまっている現状、そこまでのお米は必要がまったくない、それは誰だって判っているんだけれど。

　でも、お米は作られる。

　だって、それは夢だったから。希望だったから。希っていたことだったから。

　誰も。

　実際に、余計なお米が収穫され、なのに人口が減ってしまい、余っているお米をどうしていいのか判らない事態に陥《おちい》ってしまうなんてこと……想定なんてしていなかった。結果、お米がどうなっても……誰も、これをどうしていいのか判らなかった。減反《げんたん》政策なんて、とられる訳がなかった。

　だから。

只今のネオ・ジャパンでは、かなりの量のお米が余っているのだ。

そして、余っているお米は、貯蔵される。まあ、お米ってかなり保存がきくものだから。古米《こまい》、古古米、古古古米……って、どんどん貯蔵庫に貯蔵される。

また。他の野菜も、肉も、〝そう〟なのだ。只今では本当に冷凍技術が進化していて、大抵のものは、以前では考えられない程の長期間、保存ができる。さすがに、お米程ではないのだが、今、ネオ・ジャパンの国営冷凍庫の中には、結構凄い量の野菜やお肉が冷凍されている。

でも。

いや、何もできなかった。というか……何かしなきゃいけないとは、思わなかった。

あたしは、ずっと、何もしなかった。

この現実を知った後でも。

今では、違う。

少なくとも、今のあたしは、違う。

ずっと、ずっと続く、切り株だけが残っている田んぼ。

必要なお米を収穫した後、ただ、その跡に残されている切り株……これは、いわば、田んぼの廃墟なのだ。

そして。

只今現在のこの星には、このお米を心から必要としているひと達がいる。

勝手にやってきた、国家主導ではない惑星移民の人々。このひと達は、それこそ、〝飢饉〟といえるような状況に対面しようとしている。今はまだ、〝飢饉〟といえる状況にまでは至っていないのだが、遠からず、このひと達は、きっとそんな状況になってしまう。

そんでもって、ネオ・ジャパンでは、お米が余っている。なら、あたし達がやれること、そしてやっていいことは、ただのひとつだと、あたしは心から思っている。

うん。

「売れよっ！」

って、あたしは心の底から主張する。

「本当に心からお米を欲しがっている、今、飢饉になりそうなひと達が、同じ星の上にいるんだから。なら、お米くらい、売れよっ！」

なのに、売らない。

ネオ・ジャパンは、〝国〟ではない泡沫《ほうまつ》移民達とは、関係を持つことができない。ネオ・ジャパンの運営を設定されているＡＩは、初期設定により、移民と関係を持つことができない。(というか、そもそも、国家主導ではない勝手な移民は、当初では想定されておらず、そんな移民が発生した後も〝国家〟としては認定されておらず、従って、必然的に、関係が設定されていない。)

いや。そんなことはどうでもいいや。

人道的な見地からいえば、それ、売るんじゃなくて、そのまま渡せばいいんじゃないのか?

でも……できないのだ、それは。

そもそも、今、ネオ・ジャパンを維持しているＡＩは、他の、国家によらない移民達のことを認識していない。というか……できない。そういう設定になっていたから。

この事態を政府が容認してしまった背景は。やっぱり嫉妬だったのだろうと思う。

どうして、あいつらは、増えているのだ。

どうしてだかまったく判らない。なのに、増えているのだ。

……これはもう、嫉妬するしかなくて……。

だって、あいつらは、増えているんだ! 増えているんだもの!

ただ。

あたしは。

今、ここに、おじいちゃんと一緒に立って、そして、この切り株を見ているあたしは。


あたしは、違う。


こんなやつらとは、違う。

だから。


くいっ。

右腕を、大きく上げる。

これは、合図だ。この合図によって、切り株が残っている田んぼとは逆方向、海岸線の方で、ちかっと何かが光った。これは、双眼鏡か何かで、あたしのことを見張っていた誰かが、この合図を受けたという証拠。


あたしは。

クーデターというものを、起こしたいと思っている。


ちょっと前。

あたしは、海で遊んでいて、遭難した。まあその……親や先生に言われていた、行っちゃいけないっていう、離岸流《りがんりゅう》がある処まで行っちゃって……自分でも信じられないくらいの距離を流されてしまい……有体《ありてい》に言って、溺《おぼ》れてしまった。死ぬかと思った。いや、実際……助けてくれるひとがいなかったのなら、この時あたしは死んでしまっただろうと思う。

この時、あたしのことを助けてくれたひとがいて、それで今、あたしは生きている。

あたしのことを助けてくれたのが、〝匪賊〟のひとが乗っていた船だったので、最初あたしは物凄くぴりぴりしてしまった。

ただ、まあ、当たり前だけれど、あたしのことを助けてくれたひとは、まったく普通のひとだったんだよね。変なひとでもなく、怪しいひとでもなく、普通に溺れているあたしを助けてくれ、あたしを船に収容してくれ、そしてあたしのことを介抱してくれた、そんな普通のひと。

そんでまあ、これはもう感謝するしかなくて……あたしは、そのひとの船で丸一日寝かせてもらい、そのひとと仲良くなった。

あたしはそもそも、日本人もアメリカ人も中国人も、みんな〝地球星人〟だと思っている。〝匪賊〟のひとだって、みんな地球星人。なら、命の恩人が〝匪賊〟って呼ばれるひとだとして、そのひとと仲良くして、それの何が悪いっていうの。

それまでは、〝匪賊〟のひとって、もうまったく同じ人間だとは思えないようなことを言われていたから、そんな話しか聞いていなかったから、その後、定期的に連絡をとって会うようになった、そこで見聞きした〝匪賊〟のひとの生活は、目から鱗《うろこ》が落ちるようなものだった。

そして。今、このひと達が本当に〝飢《う》えそうになっている〟こと、このままでは間違いなく飢饉が発生してしまうこと、それが、本当に本当に判ってしまった。

だからあたしは……。

ぐいっと、右手を振り上げる。

これは、合図だ。

ここは、田んぼの廃墟である、切り株だけが残っている土地であるのと同時に……この辺で最も海に近い土地でもある。また、海岸線の関係で、この近辺で最も船がつけやすい、上陸しやすい地形になっているのだ。そして、田んぼの廃墟の向こうには、ネオ・ジャパンの食糧貯蔵庫がある。

このあたしの合図を基にして。

今、飢えているみんな。ネオ・ジャパンの国民ではないみんな。〝匪賊〟って呼ばれているみんな。

そんなひと達が、あたしの合図によって、襲いかかるのだ。

この社会に。

この世界に。

あたしは、おじいちゃんの手を、ひたすら握り続ける。

ぎゅっ……って。

ぎゅっ。

丸一日遭難して、あたしが家に帰ってきた時。あたしのことを海で死んだって思っていた父と母とおじいちゃんに何度も何度も抱きしめられて。遭難していた間、どんなことがあったのかって聞かれて。

でも、この時のあたし、その間の詳しいことを、最初は誰にも話せなかった。この時は、〝匪賊〟のひとに助けられたってこと、なんか抵抗があって言いにくかったし……それに、彼らとまた会う約束もしていて、それは言ったらいけないことだって気もしていて……だから、何となく、「よく覚えていない」「ぼーっとして」「なんか船に乗っているひとに助けてもらったんだけれど、あたしはしばらく寝ついていて」、なんて誤魔化《ごまか》していた。

最初のうちしばらくは、父と母、ひたすら追及を続けていたんだけれど、両親には仕事がある。結構忙しい。なので、「ネオ・ジャパンのマリンレジャーをしていた善意のひとがあたしのことを助けてくれて、翌日、あたしのことを自宅の近所の海岸線まで送ってくれ、面倒くさいからうちの両親とは話をしないまま帰っていった」ってことで、親は納得してくれた。

ただ、もうかなりいい歳《とし》になって、車椅子じゃないと動きにくくなっているおじいちゃんは……おじいちゃんだけは、毎日大体家にいて、こんなあたしに誤魔化されず（それにあたしが、誰にも内緒で〝匪賊〟のひとに会う為に、勝手にちょくちょく外出するのに気づいていたし）、両親程性急ではなく、根気よく、わざと話を脱線させながらも、あっちこっちあっちこっち寄り道しながら、あたしの話をずっと聞いてくれて……こんな聞かれ方をされてしまうと。結局あたし、おじいちゃんにはすべての経緯を話してしまった。

〝匪賊〟のひと達に助けてもらったこと。そして……自分が〝匪賊〟のひと達を助けようと思っていること、そんな、すべてを。

本当にそんなことをやるつもりなのかって、おじいちゃんは何回もあたしに聞いた。あたしは何回もそれに答えた。これはやっていいことなのだって。いや、むしろ、やるべきことなんだって。

うん。この結論は間違っていないと思う。

でも……ぎゅっ。

何かよく判らないけれど……ぎゅっ。

あたしは、おじいちゃんと一緒に、立っている。

この世界に。

あたしはおじいちゃんの手を握る。車椅子に乗っているおじいちゃん。今は、あたしと一緒に無理矢理立っているんだけれど、さっきまでは車椅子に乗っていたおじいちゃん。

その手を、ひたすら……ぎゅっ。

☆

ぎゅっ、と。
手を握られた。
……ああ……。
孫が。ひたすら私の手を握ってくる。
孫は、この世界の物理資源を分配しようとしているのだ。
まあ、大変判りやすく言うのなら、ネオ・ジャパンで余っている食糧を今増えている連中に分配しようとしている。

　これは、ある意味、正しい。


　だが、おそろしい程に……間違っている。


　孫は。

　まだ本当に子供だから。

　自分の命を助けてくれたひとに恩を返す、それに何か問題があるとは思っていない。むしろ、積極的に、とても正しいことだと思っている。恩人の態度に、何の疑問も抱いていない。

　だが、さすがにある程度年をとった私には判る。

　勿論、そのひとは、最初はほんとに単純に孫の命を助けてくれたのだろう。その好意を疑うことはない。けれど……。

　詳しく話を聞くにつれ、私の心の中には疑問が湧いてきた。

　孫の話の中にでてくる〝恩人〟がやっていることに、聞いてくることに、あまりにも、あまりにも恣《し》意的だろうと思われる箇所が、多々、見受けられるのだ。何よりも、孫がネオ・ジャパンの国民であることを知ってからのちの反応に。

孫の家がどの辺にあるのかを聞くのは判る、それは、孫を家に帰す為に必要な情報だからね。でも、食糧貯蔵庫の位置を聞く必然性が、どこにあるのか？　また、その場所と、ネオ・ジャパンの海岸線の位置関係を聞く意味は？　海岸線、そして離岸流に対して、孫の家の位置を特定するような質問の意味は、どこにあるのだ。偶然にも、何かの僥倖《ぎょうこう》で、溺れかけていた孫を助けたそいつ、この時、我が家の位置関係と海岸線の関係、そして食糧貯蔵庫の位置関係を聞いて、おそらくは子供である孫を、ある意味、唆《そそのか》したのではないのか？

おそらくは。

殆どの人間が、今の社会の状況を認識したら思うだろう。どう考えたって、〝匪賊〟に援助をするべきだって。これをやらないのは、人道に反することだって。

だが。

それと。

ある意味、場合によっては〝戦争〟になってしまう、その場合、とても必要になる情報を、〝匪賊〟に齎《もたら》してしまう……それは、まったく違うことなのだ。

ぎゅっ。

孫が私の手を握る。私も孫の手を握りかえす。

〝でも、それでもいい〟。

孫の手を握りかえす私が思っているのは、そんな言葉。

あるいは孫は、その〝恩人〟に踊らされているのかも知れない。いや、そうとしか思えない。だが、只今のネオ・ジャパンの政策は、間違っているとしか思えない。今、まさに〝飢え死に〟しそうになっているひとが、自分達が住んでいる処の側にいるのならば……孫が考えているような方策がいいとはまったく思えないのだが……孫がやろうとしていることは、正しい。孫が思っているように、飢えてしまっている〝匪賊〟が、ネオ・ジャパンから、余っているお米を奪う、ここまでは〝正しい〟と言ってしまってもいいのかも知れない。

だが……いや。

相手がどこまでのことを想定しているのか、それはまったく判らない。

孫は、〝匪賊〟の人々が、ただ、食糧貯蔵庫に勝手にはいって、米を強奪してゆくだけ、〝匪賊〟の人々がやろうとしているのはそれだけだと思っている。だが……果たして、それだけで話が済むのか……。

済まなかった場合。最悪、それまでこの惑星にはなかった事態、戦争、というものを、引き起こしてしまう可能性も……あり得るのかも知れない。

孫は。

ネオ・ジャパンの米の貯蔵庫が襲われる、これだけのことしか、認識していないだろう。だから、これを、単なる〝強奪〟だと思っている。そんな気持ちが、漂っている。まあ、実際、これは、これだけなら、単なる〝強奪〟にすぎないのだ。

その上、孫は、この〝強奪〟が強奪として認識されないだろう、だなんていう、とても甘い夢をみている。まあ、その気持ちは判らないでもないのだ。確かに今、ネオ・ジャパンでは米が余っている。余っているものが減ったとして、それを積極的に気にして、それを問題視するひとがいるとは思えない。それは本当にそのとおりだ。

だが、今、食糧貯蔵庫の管理をしているのは、〝それを気にしない人間〟ではないのだ。ＡＩである。いきなり、備蓄されている米の量が減ってしまったら……人間は、気にしないかも知れない、そこまでチェックをしないかも知れない、だが、ＡＩがそれを認識しない訳がない。

そして、それを、孫を唆した〝匪賊〟が、認識していない訳がないのだ。

〝匪賊〟は。間違いなくそれを判っている。

他国の勢力が（これは簡単に〝軍勢〟と言い換えられる。実際、この二つは、少なくとも〝襲われた〟人々にとって、同じことだから）、自分の国の米の貯蔵庫を襲い、そして、食糧を奪いさったのなら。これは、〝強奪〟ではない。〝侵略〟だ。

孫には。

どうも、〝国〟という概念がよく判っていない気配がある。

だが、事実は、事実だ。

孫が画策したこの事態は……単なる、〝食糧がない人々が食糧がある処を襲って、それを強奪した〟というものとは、まったく違う絵図を描いてしまう可能性がある。

これは、〝匪賊〟による、ネオ・ジャパンへの〝侵略戦争〟の始まりになってしまう可能性がある。

勿論。

孫がそんなことを考えていないことは、よく判っている。

また……孫にいろいろなことを言っていた、〝匪賊〟だって、自分達の〝侵略〟がばれても、それと〝戦争〟という概念を直結して思っていない、そんな可能性はある。

けれど。

孫の命を助けてくれた、そんな〝匪賊〟が、まだ、考えてはいなくとも。

いずれ……そういう話になってしまう可能性、それは、きっと、あるのだ。

また。

そこまでの事態に立ち至らなくとも……おそらくは、孫の努力は、徒労に終わるだろう。

そんな気持ちが、只今の私には……ある。

そうだ。

私が何か、妙に平坦な気分で、只今の状況を眺めているのは、そんな気分が、あったからだ。

この努力は、きっと、徒労に終わるだろう……。


人類が、惑星間移民に乗り出した時、確かに、人類の多くは、考えていた。

人口が減っているのは、フロンティアがなくなったせいだ、と。

移民船の中で生まれ、地球のことを知らない私も、この考え方が正しいとずっと思っていて……思いたかったのだが……だが。
今の私は、もっと違うことを考えている。
自分が年をとってしまったせいか。
何か、この〝考え方〟の方が、しっくりくるような気がする。
今の私が考えているのは。

人類は。
認めたくはない、考えたくもないのだが……種として、晩年になってしまったのではないのだろうか。種としての終焉《しゅうえん》を迎え、あとは、静かに、体力が衰《おとろ》え、気力が萎《な》え、そして衰退してゆくだけなのではないだろうか。

人口は。
増えない訳ではない、〝増える必要がない〟のだ。
何故って、人類それ自体が、晩年を迎えてしまったから。
勿論、これはまったく事実とは違う、悲観的な意見なのかも知れない。
実際に、一部の国主導ではない移民達の間では、人口は増えている。

だが、過去、地球でも、少子化が地球全体の問題になった時でも、〝増えて〟いたひと達は、存在した。それは、主に、生存が困難になったひと達だ。

そのひと達の生存が困難になってしまったのには、いろいろな理由がある。戦争により母国を追われてしまったひと達。災害により自分の拠って立つ処である基盤がなくなってしまったひと達。社会に余力がなく保護の手が届かなくなったひと達。その他にもいろいろと……。

生物は。

外的要因により、圧迫され、生存が苦しくなった時には、一時的に増える。増えたって、もともとの〝生存が苦しくなった〟事態は、何ら改善されないのだが……それでも、増えることがある。

そんな、末期の、最終的な反応として、移民後の〝匪賊〟は、増えているのではないのだろうか。

それならば。

待っているのは、ゆるやかな終末だ。

何もカタストロフィはおこらない。何も酷《ひど》いことはおこらない。

ただ、ゆるやかに、じわじわと、ひとの数が減ってゆき……そして。

そして、いなくなるだけ、なのだ。

ゆたか。

私の、大切な、たったひとりの孫。

おまえの名付け親は、実は私なんだよ。

ひとり息子の配偶者が妊娠したと知った時、最初、私はそれを男の子だと勝手に思っていた。そして、用意した名前が、〝豊作《ほうさく》〟。

この名前を提案したなら、おそらくはこれ、息子に却下されただろうと思う。いや、自分でも、今の時代の子供に〝豊作〟っていう名前はないだろうな、とは思う。かなり古めかしい名前なのだから。

けれど、豊作。

うちは、代々米作農家だった。(いや、私は、移民船の中で生まれたので、過去のことはそれこそ話でしか知らないのだけれど。だからこそ、話でしか知らないからこそ、それこそ余計な夢をみてしまうのかも知れないんだけれど。米作農家というものに憧れを抱いてしまうのだろうけれど。）

豊作というのは、農家の夢だ。そして、〝農家〟の夢というのは……〝農業〟をやっている、すべてのひとの――つまりは、〝農業〟を作った、人類の、夢だ。

実際に生まれたおまえが女の子だったので、〝豊作〟はやめて、〝ゆたか〟になった。

命名権については、おまえのお母さんに、結構ぶうぶう言われたのだったけれど。（いや、おまえのお母さんが言っていることの方が正しいね。おそらくは生涯にひとりしか子供を生まない女性が、その子の命名権を持つのは至当だ。けれど、私は自分の我《わ》が儘《まま》をおしとおしてしまった。）

そのくらい……。

ゆたか。

おまえにつけた名前は……日本からやってきた我々の……夢、だ。

あるいは、もう叶わないかも知れない……でも、昔あった、夢だ。

夢である名前をつけることができて、おまえが精神的にとても〝ゆたか〟に……それこそ、ひとのことを思いやってくれる子供に育ってくれて、それを私はとても嬉《うれ》しく思っている。

そんな……いろいろなことを思い返しながらも。

これから起こることを……ゆたかがしてしまうことを想像しながら……それでも。

ぎゅっ。
私の手を握る、幾分小さい、でもしっかりした、女の子の手。
ぎゅっ。
私もそれを握りかえす。
それに、すべての意味を込める。

そして……。

ぎゅっ。

〈FIN〉

【初出】
「石のスープ」深緑野分
集英社WebマガジンCobalt 2021年12月公開

「E.ルイスがいた頃」竹岡葉月
集英社WebマガジンCobalt 2022年3月公開

「最後の日には肉を食べたい」青木祐子
集英社WebマガジンCobalt 2022年7月公開

「妖精人はピクニックの夢を見る」辻村七子
集英社WebマガジンCobalt 2022年11月公開

「おいしい囚人飯　時をかける眼鏡 番外編」椹野道流
集英社WebマガジンCobalt 2023年2月公開

「しあわせのパン」須賀しのぶ
集英社オレンジ文庫公式HP 2023年10月公開

「敗北の味」人間六度／書き下ろし

「切り株のあちらに」新井素子／書き下ろし

集英社オレンジ文庫をお買い上げいただき、ありがとうございます。
ご意見・ご感想をお待ちしております。

● あて先
〒101-8050　東京都千代田区一ツ橋2-5-10
集英社オレンジ文庫編集部 気付
新井素子先生／須賀しのぶ先生／椹野道流先生／
竹岡葉月先生／青木祐子先生／深緑野分先生／
辻村七子先生／人間六度先生

すばらしき新式食

SFごはんアンソロジー

集英社
オレンジ文庫

2025年4月22日　第1刷発行

著　者　新井素子　須賀しのぶ
　　　　椹野道流　竹岡葉月
　　　　青木祐子　深緑野分
　　　　辻村七子　人間六度
発行者　今井孝昭
発行所　株式会社集英社
　　　　〒101-8050東京都千代田区一ツ橋2-5-10
　　　　電話【編集部】03-3230-6352
　　　　　　【読者係】03-3230-6080
　　　　　　【販売部】03-3230-6393（書店専用）
印刷所　TOPPANクロレ株式会社

ISBN 978-4-08-680617-6 C0193